写字室の鵞鳥《がちょう》

欧州妖異譚18

篠原美季

white heart

講談社X文庫

目次

CHARACTERS

ユウリ・フォーダム
イギリス貴族の父、日本人の母の下に生まれる。霊や妖精《ようせい》が見えるなど、不思議な力を持っている。
シモン・ド・ベルジュ
フランス貴族の末裔《まつえい》。実務に優れた美貌《びぼう》の貴公子。ユウリの親友で現在はパリ大学に在学中。

写字室の鵞鳥《がちょう》 欧州妖異譚18

イラストレーション／かわい千草《ちぐさ》

写字室の鵞鳥《がちょう》

序章

満天の星月夜《ほしづきよ》。

古い石造りの建物はひっそりと静まり返っている。

そこへ。

コツ、コツ、コツ。

夜気《やき》を引き裂いて響いてきたのは、見回りの守衛が歩く音だ。それとともに、回廊の隅で懐中電灯の明かりが揺らめくのが見える。

広い中庭には緑の芝生が張り巡らされているが、それも夜の暗がりに溶け込んでしまって、今はその美しさを観賞することはできない。

偉人の銅像も、しかり。

夜は、ありとあらゆるものを、不可視の領域へと連れ去ってしまう。

夜目の利く小さな齧歯類《げっしるい》も。

深夜に忍び込んできた人間も――。

恋人との逢瀬《おうせ》に夢中になったあげく、閉門の時間を過ぎてから伝統校の建物内に侵入を果たした男子学生も、夜陰に紛れ、守衛に見つからないようにしながら自室へと戻る途中であった。

もし、見つかったら、大変だ。

さすがに命を奪われることはないとはいえ、大目玉を食らうのは必至で、万が一にも退学なんてことになったら、それこそ人生が終わったようなものである。こんなことで退学になったという前例はないとはいえ、怒られるのも嫌な彼は、見つからずに部屋まで戻れることを祈っていた。

コツ、コツ、コツ。

すぐそばを見回りの守衛が通り過ぎるのを息を呑《の》んでやり過ごし、そのまましばらくその場でジッと様子を窺《うかが》ったあと、頃合いを見計らって身を隠していた茂みの陰から這《は》い出《だ》し、寮へと通じる内階段までダッシュする。

あとは、階段をのぼり、その先にある自分の部屋まで行くだけだ。もう、着いたも同然である。

そう思い、ホッと一息ついた学生が、次の瞬間、ギクリと身をすくませる。

そこに、何かがいた。

一寸先も見えないくらいの深い闇《やみ》に包まれた内階段に、ぼんやりと白く、人のようなものが立っていたのだ。

最初、それは、揺らめく影にしか見えなかった。

それが、どんどん濃さをまし、ついには白い修道服を着た修道士の姿となって、彼のほうに近づいてくる。

スウッと。

音もなく。

階段をおりているとは思えないほど、上下に揺れ動くことなく、スウウウとこちらへと近づいてくるではないか――。

ゾッとした。

訳がわからないまま、ただ恐怖心に身がすくむ。

本能的に、彼は、それが人間でないと感じていたのだろう。

人間ではない何かが、彼のほうに近づいてくる。

冷ややかな吐息と。

得も言われぬ霊気を漂わせながら――。

やがて、白いフードの下からこちらを睨《にら》んでいる目を見た瞬間。

(ひいいいいいいいいいいい――)

声にならない叫び声をあげ、男子学生は、その場で気を失った。

第一章　ケンブリッジ便り

1

「――特別公開講義？」

洒落《しゃれ》た意匠の施《ほどこ》された黒い鉄門を開けて自宅に入りながら、ユウリ・フォーダムは珍しそうに訊《き》き返した。

煙るような漆黒《しっこく》の瞳。

黒絹のようなつややかな髪。

東洋的な顔立ちは人の目を引くほど整っているわけではないのだが、ほっそりした首筋から匂い立つような清潔感や、どこか控えめでなんとも涼やかな様子が、彼をふつうの青年とは一線を画す存在にしている。

英国の首都ロンドン。

その北部に位置するハムステッド・ヒースのそばに建つフォーダム邸は、そんなユウリの住まいとして似合いの静謐《せいひつ》と落ち着きに包まれていた。

噴水のある前庭を通り、程よく伸びた草木に半ば隠れるようにひっそりと建つパラディオ様式の家に入ったユウリは、ケンブリッジにいる父親との会話を続ける。

「……そう、セイヤーズがねえ」

名前のあがった「セイヤーズ」というのは、フルネームをドナルド・セイヤーズと言い、ユウリのパブリックスクール時代の後輩だ。昨年の九月からケンブリッジ大学の医学生となったため、たとえ学部は違っても、著名な教授とのコネクションは有用と考え、ユウリは早々に父親のレイモンドを彼に紹介しておいた。

その甲斐あって、なにかにつけ、父親はセイヤーズに目をかけてくれているようである。

今も、久しぶりに大学で「特別公開講義」を受け持つことになり、倍率の高い受講票を得るために申し込みをしたセイヤーズのために、関係者席を確保することにしてくれたらしい。

そのついでに、「良ければ、お前も来ないか」という誘いの電話だった。

「もし来られるようなら、そのあと夕食も一緒に」という、要は、多忙を極める父親が、久々に息子と会う口実にするつもりのようである。

世界のオピニオン・リーダーに数えられる著名な科学者で、且《か》つ英国子爵であるレイモンド・フォーダムは、現在、ケンブリッジ大学で教鞭《きょうべん》をとっているため、ふだんはこの家にいない。さらに、日本人の母親は、まだ幼い次男クリスの子育てのため、日本に留学中の姉セイラと故郷である日本に滞在中だ。

だからといって、決して家族仲が悪いわけではなく、むしろ固い絆で結ばれているのは間違いなかったが、それに甘んじて物理的に会える時間を疎かにしていいとも思っていないレイモンドは、わずかでも時間があれば、トンボ返りで日本に足を運んでいるし、こうして、息子と会う時間も積極的に作ろうとしてくれる。

「え。一緒に夕食を食べられるんだ？」

『ああ。美味《おい》しいものを食べさせてやる』

「でも、いつもの取り巻きの人たちはいいの？」

「取り巻き」という言い方も変ではあるが、それが一番わかりやすい表現だった。つまるところ、著名な科学者である父親の「特別公開講座」ともなれば、付き合いのある出版社の人間や大学関係者、その他もろもろの人たちが押し寄せるため、その対応に追われることになる。

そのことを心配するユウリであったが、父親はさらりと応じた。

『平気だよ。――というより、久しぶりに息子と過ごせる時間を邪魔はさせない』

「へえ。……なんか、それってちょっと嬉しいかも。お父さんとご飯食べたいし」

ユウリとしても、父親に会える時間は大切にしたいため、一も二もなく賛同する。

『なら、決まりだ』

応じた父親に、ユウリが訊く。

「あ、せっかくだから、シモンも誘ってみていい？」

シモンというのは、フランスにいるユウリの親友で、同じパブリックスクールに在籍していたので、セイヤーズとも顔見知りだ。

『もちろん構わないが、それこそ、彼は忙しいだろう？』

「たぶんね」

認めたユウリが、「でも」と続ける。

「シモン、お父さんを尊敬しているから、そんな講義があるとわかっていて声をかけなかったら、たぶん、あとで残念がる」

『へえ。それは、光栄だね』

電話口で小さく笑ったレイモンドが、続けて言う。

『わかったよ。彼も来られるようなら、連絡をくれ。関係者席をもう一つ確保する』

「うん。——ありがとう」

そこで、父親との電話を終わらせたユウリは、携帯電話をしまわず、そのままシモンに電話した。一瞬、メールにしようか悩んだが、この時間帯なら、電話に出られる可能性が高いと思い、電話を選んだ。

案の定、数コールののち、フランスにいるシモンと電話が繋がった。耳元で、甘く響く貴族的な声が応答する。

『――やあ、ユウリ』

2

フランスの首都、パリ。

大学街で知られる「カルチエ・ラタン」にあるカフェテリアで、ユウリとの電話を終えたシモン・ド・ベルジュは、スマートフォンをテーブルに戻しながら深い溜め息《たいき》をつく。

フォーダム博士の特別公開講義の受講と、それに続く夕食会などという魅力的な誘いを断らざるを得なかったもどかしさからくる溜め息だ。

もっとも、そんな愁《うれ》い顔ですら優雅に見えるのが、シモンという人間である。

白く輝く金の髪。

南の海のように澄んだ水色の瞳。

寸分の狂いもなく整った顔はまさに神の起こした奇跡としか思えず、頭脳明晰で身体能力も高く、ヨーロッパにその名を轟かせる事業家ベルジュ家の後継ぎとして生まれ育った彼に、生きていてなんの不足があるのかとも思われるが、そんな彼にも、当たり前だが悩みはあって、目下のところ、それは彼自身のスケジュール管理にあると言えた。

大学生活もさることながら、やがてはベルジュ・グループを率いる身として、すでにいくつかのビジネスに首を突っ込んでいる彼は、このところ多忙を極めている。

その原因の一つに、ＥＵ諸国における政治情勢の不安定さがあった。

どこの国も不確定な要素が多く、事業を進めるうえで、長期計画を立てるのが難しい。実際、国際テロなどを含め、突発的に起きる事態に急な方針変更を余儀なくされることが増え、シモン自身がその対応に追われることが多くなっている。

不思議なもので、ワールドワイドになることを求めていたはずの人々が、実際に世界が広がり、他国を身近に感じられるようになったとたん、手の平を返したように自国の権利を主張し、扉を閉ざそうとする傾向が強くなった。

共生や共存に憧れながらも、独自性を強く主張し他者の領分を侵していく。

その矛盾《むじゅん》が解消される日が、いつか来るのだろうか——。

遣る瀬無さを心に秘めつつ、冷めかけたカフェオレに手をのばしたシモンに対し、その時、誰かが声をかけた。

「あら、シモンじゃない」

ほぼ同時に、目の前の椅子《いす》に滑り込むように座り込んだ女性が、堂々とした態度でギャルソンを呼び、自分のためにカフェオレを注文する。

蠱惑的《こわくてき》なモスグリーンの瞳。

手入れの行き届いた指先。

首元で切りそろえられたボブカットの赤毛が、太陽光を受けて美しく輝く。

ジーンズ姿が、まるで雑誌から抜け出てきたモデルのようにスタイリッシュに決まっている彼女は、ナタリー・ド・ピジョンといい、シモンの母方の従兄妹《いとこ》であるが、その破天荒《はてんこう》な性格ゆえに、常日頃からシモンの頭痛の種となっている。

つまり、ユウリからの誘いを断るしかなかった無念さに続いて彼女の出現は、まさに「弱り目に祟り目」、シモンにとって、災厄以外のなにものでもない。

当然、滅多にないほど不機嫌《ふきげん》そうな顔つきになったシモンであるが、そんなことは一切気にしないのがナタリーだ。

「どうも〜、って、あら、やだ、超絶にご機嫌斜め。もしかして、カフェオレのミルクが腐ってた？」

とたん、隣の席にいた女性がカフェオレを飲もうとしていた手を止め、カップの中身をゾンビでも見るような目で見たので、シモンはすぐさま「いや」と否定する。

「そんなことはないよ」

「よかった。別のものを注文した方がいいかと思って、焦ったわよ」

「大丈夫。カフェオレは美味しい。保証する。——ただ、目の前に、僕をご機嫌斜めにするものがいるだけで」

「へえ、そうなの？」

言いながらわざとらしく背後を振り返ったナタリーが、顔を戻して訊く。

「どれ？」

もちろん、自分のことだとわかっていてやっているのだから、まともに答えたところで意味はない。

そこで、黙ってカフェオレに口をつけたシモンが、ややあって問う。

「――で、僕になにか用でも？」

「別に、用って言うほどたいした用はないんだけど」

答えている間にギャルソンがカフェオレを運んできたため、ナタリーに目で催促《さいそく》されたシモンが、ポケットからお金を取り出し、支払いを済ませる。

それから、改めて文句を言った。

「悪いけど、用がないなら、放っておいてくれないか」

「あらあら、相変わらずつれないのねえ。――ああ、もしかして、電話でユウリと喧嘩《けんか》でもした？」

テーブルの上のスマートフォンを顎で示しての指摘に、シモンが澄んだ水色の瞳をすがめて相手を見やった。

どうやら、少し前から、こちらのことを観察していたらしい。

「心外だね。僕が、ユウリと喧嘩なんてすると思うかい？」

「たしかに、あまりないでしょうね。――ユウリ、すごく我慢強いから」

まるで、ふだん、シモンがどうしようもない我儘《わがまま》坊ちゃんであるかのように答えたナタリーが、なにか言いたそうなシモンを制し、「ま、そんなことはどうでもよくて」と自分で振った話題に自分でけりをつけて、新たに告げる。

「それより、シモン、来週末って何の日か知っている?」

「来週末?」

「そう、来、週、末」

強調するように言いながらモスグリーンの瞳を妖しくきらめかせたナタリーを前に、シモンは、考えるという素振りをほとんど見せずに答えた。

「——君の誕生日」

とたん、驚いたように身体《からだ》を引いたナタリーが、そのまま頭の中でなにか計算を巡らせるような間を取ったあと、両手を胸の前で組んで「やるじゃない、シモン」と大仰に褒《ほ》めた。

「私の誕生日を覚えているなんて、さすが、従兄妹。やっぱり、血族は大切にするべきだと考えるようになったのね。いいことだわ。——ほら、いつも、蛇のごとく冷たい目で見るから、誕生日なんて絶対に覚えていないと思っていたのに、そんなことはなく、実は、私のことを、とっても気にしてくれていたのね」

「そう思う?」

「ええ、思うわよ」

大きくうなずいたナタリーが、続けて「にんまり」という表現がぴったりの笑顔を浮かべておねだりした。

「それでね、私、実は狙っている靴があって、春夏コレクションに出された新作なんだけど、限定色がどうしても欲しくて」

「欲しいなら、買えばいいだろう」

それくらいのお小遣いはもらっているはずだ。

だが、ナタリーはペロッと舌を出しつつ、悪びれた様子もなく告げる。

「それが、この前のセールでどっさり買い物しちゃって、今、私のクレジットカードは使えなくなっているの」

それは、限度額を超えたということか。

いったいどうしたら、そんなにお金が使えるのだろう。もちろん、きちんと目的があれば別だが、彼女の場合は、どう考えても、ただの無駄遣いだ。

呆れたように上を向いたシモンに、ナタリーが「だから」と催促する。

「ホント、ちょうどよかったわ。——誕生日プレゼントとして、買ってくれない?」

それに対し、改めて目の前の従兄妹を眺めたシモンが、「もちろん」と応じる。

「本当に誕生日ならプレゼントするのは構わないけど、その前に、君の生年月日を調べてみないことには話にならないよ」

「あら、自分で言い出したくせに、信じないわけ？」

「うん。適当に言っただけだから。――まさか、本当に誕生日なのかい？」

「さあ、どうだったかしらねえ」

「違う」とは口が裂けても白状する気のないらしいナタリーが、「だいたい」と開き直って文句を言う。

「それって、そんなに重要？」

当然、重要だ。

誕生日プレゼントをあげるのに、その日が相手の誕生日であるかどうかが問題にならないわけがない。

だが、まともに返事をするのが愚かしく思えたシモンは、小さく肩をすくめると、

「で？」と言って話を元に戻した。

「本当は、なんの日なんだい？」

「なにが？」

「来週末だよ」

「――ああ、それね」

改めて問われたことに対し、ナタリーは両手を開いてあっさり応じる。

「そう。忘れたの」

「忘れた?」

「忘れたわ」

それから残りのカフェオレを一気に飲み干し、「お邪魔様」と言って立ちあがると、そのままあとも見ずに歩み去る。

その後ろ姿を見送ったシモンが、小さく「まったく、なんなんだ、いったい」とつぶやきながら、スマートフォンに手をのばす。

面倒ではあったが、念の為、再来週のことを調べてみようと思ったのだが、手に取った瞬間、スマートフォンが着信音を響かせ、それが少々面倒な案件を知らせるものであったため、その対応に追われるうちに、ナタリーとの些細《ささい》なやり取りのことは頭から消えていた。

懸念事項をそのままにすることのないシモンにしては珍しいことであったが、ことナタリーに関しては、関わり合いになりたくないという思いが強く、無意識のうちに彼女の存在を彼の中から消し去ったのだろう。

これも一種の防衛本能だ。

もちろん、この時の会話を、あとでまざまざと思い出すことになるとは、今のシモンには考えもつかなかった。

3

イギリス中東部、「イースト・アングリア」に位置するケンブリッジ。

そこは、オックスフォードと並び、中世から続く大学都市として名前の知られた街であり、今も、多くの学生を抱えて活気づいている。

大学設立は、一二〇九年。

市中を流れるケム川には、冬でもボートやカヌーが浮かび、川縁《かわべり》を散歩する人や河岸《かし》に店を構えるカフェでランチを食べたりお茶を飲んだりする人々がいる一方で、街中には本屋や文房具店、ブティック、雑貨店、クリーニング屋などなど、ふつうの街にあるような店は一通り揃《そろ》っていて、なんとも生活感に溢《あふ》れている。

それでも、やはりここが大学都市であるのは、格式高い建物の数々が街の大部分を占めていることからもよくわかる。尖塔《せんとう》や鐘楼《しょうろう》を持つゴシック様式の建物群は、学問の殿堂としての威厳を保ち、多くの学者や政治家を輩出してきた名門校ならではの重厚さに満ち満ちている。

そんな建物群の一つにおいて、部屋の窓から芝生の緑が目に鮮やかな中庭を見ていたドナルド・セイヤーズは、同じ寮の学生があげた声で室内に視線を戻した。眼鏡《めがね》の奥で輝く薄緑色の瞳《ひとみ》が亜麻色の髪によく映える、見目も悪くない青年だ。

「フィッシュボーン。お前、なにやっているんだよ?」

見れば、フィッシュボーンと呼ばれた学生が、手にカッターナイフを持って何かを切ろうとしているところで、それを、スティーブンという名の学生が見咎《みとが》めたのだ。

「なにって、この本の必要な部分を切り取っているんだけど」

「そんなことはわかっているが、その前にさ、それ、写本だろう?」

「ああ」

「しかも、羊皮紙の」

「そうだよ」

フィッシュボーンはあっさり肯定すると、作業の続きに戻る。スティーブンは、そんなフィッシュボーンのやることにかなり違和感を覚えているようだが、当人はケロリとしたものである。

唇《くちびる》の端が少し右にずれているせいか、いつもふてくされているように見えるフィッシュボーンは、見た目に違《たが》わず、一風変わった性格をしている。仲間内の噂《うわさ》では、大学に進学したのはいいが、実家の家計は苦しく、いつも金に困っているということだった。

それに対し、スティーブンは、いたってふつうの、イギリスであれば、どこにでもいそうなアングロ・サクソン系の顔立ちをしていて、言うこともいたってまとも、よく言えば

好青年だが、悪く言えば、特徴のない、平凡さの代表のような学生であった。

そんな対照的な二人のやり取りを傍観しているセイヤーズは、背がスラリと高く、眼鏡をかけた相貌《そうぼう》は、いかにもいいところの子息という感じだ。実際、医者の息子で、それなりに名のあるパブリックスクールの出身であるうえ、そのパブリックスクール時代には、全校生徒の代表である生徒自治会執行部《スチューデントソサエティ》の「総長」まで務め上げた実力者である。

王室や貴族が現存する英国にあって、伝統あるパブリックスクールの「総長」ないし、それに匹敵する全校生徒のトップを務めた経験は、その後、厳しい社会人生活を生き抜いていくうえで、とても役に立つ肩書だった。それは、ひょっとしたら、大学でいい成績を残すこと以上に、意味のあることかもしれない。少なくとも、誰もがその名を知っているような有名なパブリックスクールの総長の名前は、その年の社交界で知れ渡り、あちこちのパーティーなどで噂の的となる。

ある意味、名前が名刺代わりとなるのだ。

だが、そういった世の中の権力闘争などにはあまり興味のないセイヤーズは、大学ではそんな素振りはおくびにも出さず、あまり目立たないように過ごしていた。ふだんから比較的もの静かな彼は、今も、会話には加わらず、仲間たちの話に耳を傾けている。

フィッシュボーンの相手をしているスティーブンが、「そうだよって……」と、ひどく呆《あき》れたように言い返した。

「簡単に言ってくれるけど、稀覯本《きこうぼん》のページを切り取ったりしていいのか？」

疑わしげな口調になった彼は、さらに「そもそも」と付け足した。

「そんな本、どうしたんだよ。まさか、お前のものってこともないだろう？」

そう言っている彼は、決して稀覯本に詳しそうな感じではなかったが、印刷でもなければ紙でもないような古書が、そう簡単に手に入らないことくらいは、さすがに知っているらしい。

チラッと写本に目をやったセイヤーズも、心の中で「たしかに」と思う。

どう見ても高価そうな本である。少なくとも、一介の学生が買えるようなものではないはずだ。

この手の本でも、気に入れば平気で買ってしまう学生の知り合いは何人かいるが、彼らはみんな実家が裕福で、さらに一人、二人は桁外《けたはず》れの金持ちであるため、それこそ表の装飾に宝石が使われているような芸術品でも買いたければ買う。

だが、ここにいるのは、セイヤーズも含め、趣味に大枚をはたくような種類の人間ではなく、やはりフィッシュボーンがその写本を所有していることに対し、彼も違和感を覚えずにはいられない。

フィッシュボーンが、気分を害したように言い返す。

「なんだよ、それ。俺のものじゃダメなのか？」

「そうは言っていないけど……」

「そう言っているようにしか聞こえなかったが、悪いけど、誰がなんと言おうと、これは俺のものだから」

「お前のものって、誰かにもらったのか?」

「買ったんだよ」

「どこで?」

「古書店に決まってんだろう」

あまりにバカな質問をされたとでも言いたげに応じたフィッシュボーンが、疎《うと》ましそうに説明を加える。

「そこの店主が言い値でいいと言ったんで、一ポンドで買ったんだよ」

「まさか!」

驚いたスティーブンが、首を振って言い返す。

「そんな夢みたいな話があるか。言い値でいいなんて、そんなことをしていたら、古書店は潰《つぶ》れちまう」

「知らないけど、本当にそう言ったんだ。——それで、俺は、これを手に入れた。手に入れた本をどうしようと、俺の勝手だろう?」

それに対し、反論できなくなったスティーブンに代わり、セイヤーズが「それなら」と初めて口を開いた。

「せっかく手に入れた稀覯本の中身を切り取るのは、どうしてなんだい？」

見たところ、完本で手に入れたようなのに、一部を切り取ってしまったら、明らかに本としての価値は下がるはずだ。

それなのに、なぜ、そんなもったいないことをしているのか。

だが、フィッシュボーンはずる賢そうな目でセイヤーズを見ただけで、「まあ」と曖昧《あいまい》に誤魔化《ごまか》した。

「それは、いろいろとあるんだよ」

まともな答えが返らなかったことに対し、小さく肩をすくめたセイヤーズが「……いろいろね」と呟《つぶや》いていると、フィッシュボーンに対する興味を失ったらしいスティーブンが、今度はセイヤーズに向かって、「夢みたいな話といえば」と話題を振った。

「セイヤーズ、君、今度、トリニティ・カレッジで行われるフォーダム博士の特別公開講義に、行くんだって？」

「……え？」

意外そうに応じたセイヤーズが、「ああ、まあ」と肯定しつつ、訊き返す。

「行くけど、そんなこと、誰に聞いた？」

「君と同じクラスの奴《やつ》。すごく羨《うらや》ましがっていて、どうやって受講票を手に入れたのかと不思議がっていたよ。——なんといっても、フォーダム博士といえば、ケンブリッジが誇るスター教授で、講演会やセミナーのチケットは入手困難、今回の講義も、抽選倍率がとんでもなかったっていう話じゃないか」

「そうみたいだね」

「そうみたいだね……って、他人事《ひとごと》のように言っているけど、ホント、運がいい。——それとも、何か、強力なコネでも持っているのか？」

軽く眉《まゆ》をひそめての確認に対し、セイヤーズは一瞬返答に迷った。

たしかに、コネはある。

これ以上ないというくらい、強力なコネだ。

なんといっても、家族思いで有名なフォーダム博士が溺愛《できあい》する長男、ユウリ・フォーダムと直接の知り合いなのだ。そのため、この場では口が裂けても言えないが、講義のあと、彼らと夕食をともにすることにもなっていた。

だが、そんな話をしようものなら、次は自分たちも……という話になりかねず、面倒だったセイヤーズは、もう一人、こちらもコネとは言えなくもないコネクションとして、別の人物の名前をあげる。

「実は、キース・ダルトンとは同じパブリックスクールで、しかも寮《ハウス》も一緒だったんだ」

「ダルトン？」

「そう」

「フォーダム博士のお気に入りの？」

「……うん、まあ、そうかな」

お気に入りかどうかは別にしても、重宝がられているのはたしかだろう。

同じパブリックスクール出身のキース・ダルトンは、現在、フォーダム博士の研究室に在籍している優秀な学生だ。パブリックスクール時代から異彩を放っていた彼は、ここケンブリッジでも有名で、名前をあげて知らないという者はほとんどいなかった。

「そうか、ダルトンね。——君、ダルトンと同じパブリックスクールの出身なんだ」

「そうだよ。学年は違うから、そんなに面識があるわけではないけど」

「でも、すごいじゃないか。たしか、ダルトンのいた学校って、けっこうな金持ち学校で、交友関係もすごいセレブばかりって聞いたことがある」

するど、途中からその場に加わってなんとなく会話の流れを聞いていたらしい別の学生が、情報通なところを全開にして口をはさんだ。

「そうそう。有名なところでは、天才ヴァイオリニストのラルフ・ローデンシュトルツとか俳優のアーサー・オニールとか」

指を折りながら名前をあげていた彼が、「あと」と興奮気味に続ける。

「その関係でユマ・コーエンとも知り合いなんだって」

とたん、ファンであるらしいスティーブンが、「え、マジ？」と言って、どこか羨ましそうな目でセイヤーズを見た。

「それなら、もしかして、君も、彼らと親しいとか？」

「まさか」

セイヤーズは、とっさに否定してしまう。

実際はといえば、アーサー・オニールとは同じパブリックスクールにいた関係で直接の知り合いだし、ユマ・コーエンは、現在、ロンドン大学に通う悪友エドモンド・オスカーの友人であるため、何度か一緒に飲みに行ったことのある仲だ。

なので、ダルトンを介さずとも、彼らとは全員知り合いであったが、やはり面倒事は極力避けたかったので、黙っていることにした。

幸い、情報通の学生が、セイヤーズの返答などどうでもよさそうに、「他にも」と嬉々《きき》として先を続けてくれたため、不用意なことを言わずにすんだ。

「さすがに、ロイヤル・ファミリーはいないみたいだけど、アシュレイ商会の子息とかフランスのベルジュ・グループの御曹司なんかも、ダルトンの交友関係の輪にいるそうだから、すごいよな」

「それは、マジですごい」

「そうだね」

他の二人が浮かれ気味であるのに対し、セイヤーズは、淡々と相槌《あいづち》を打つ。

たしかにすごいのかもしれないが、別に知り合いだからといって、経験上、自分の生活の何が変わるわけでもないことは、アシュレイ商会の子息であるコリン・アシュレイともベルジュ・グループの御曹司であるシモン・ド・ベルジュとも顔見知りであるセイヤーズにはわかっていた。

たとえ、そういう世界の人間と直接の知り合いであっても、セイヤーズがセイヤーズである限り、彼らが異次元の存在であることに変わりはない。

そんなことをセイヤーズがなんとはなしに考えていた時だ——。

「痛っ」

突如、あがった声に、彼の意識は引き戻された。

見れば、フィッシュボーンが顔をしかめて左手を右手で押さえていて、その手の隙間《すきま》から血がボタボタと流れ落ちている。

「うわ、なにやってんだよ、フィッシュボーン」

「スプラッター！」

他の生徒が驚き慌てる中、セイヤーズが、すぐさまティッシュを抜き取りながら、冷静に訊く。

「切ったのか？」

「……ああ、うん。切った」

蒼褪《あおざ》めた顔をしながら、フィッシュボーンが答える。

「よそ見していて、刃先が滑ったんだ」

「見せて」

言うなり、セイヤーズは、かなり強引に彼の手を引っぱって開かせた。

傷口は思ったより浅いようだが、範囲は広く、左手の人さし指の付け根あたりから数センチほど切れている。

「……まあ、縫うほどではないか」

医者の息子であるセイヤーズが判断していると、背後から覗《のぞ》き込《こ》んだ情報通の学生が「うえっ」と声をあげた。

「えぐい！」

「そんなこと言っているヒマがあったら、救急箱を取ってきてくれ」

とっさのことで、つい「総長」の時のような口調になったセイヤーズに、若干意外そうな表情をしつつ、情報通の学生が素直に従った。

「えっと、救急箱って、どこ？」

「サイドボードの横の棚」

その間にも、フィッシュボーンの手からは止めどなく血が流れ落ち、羊皮紙の表面を汚しそうになった。

気づいたフィッシュボーンが、慌てて避けるように手を遠ざけたが、時すでに遅く、したたり落ちた血が円いしみとなって広がった。それを、呪《のろ》われたものでも見るような目で見おろすフィッシュボーンに対し、救急箱を差し出しながら情報通の学生が訊く。

「まったく、気をつけろよ。――だいたい、よそ見って、何を見てたんだ？」

すると、ビクリと身体を震わせたフィッシュボーンが、どこか怯《おび》えたような表情になって周囲を見まわし、小さい声で答えた。

「……わからないけど、すぐ横に誰かいた気がして」

「誰かって？」

情報通の学生が訊き返した横で、スティーブンが胡乱《うろん》げに付け足す。

「なんだよ、それ。言っておくけど、俺たち以外、この部屋には誰もいなかったぞ」

「わかっている。――だから、たぶん、気のせいだ」

手当てをしていたセイヤーズも、その話に対し、一瞬だけ手を止めて眉をひそめた。

他に人のいない部屋の中に、彼らの知らない誰かがいた――。怪談にありがちなその手の話が、彼は大嫌いなのだ。

そこで、手当てを再開しながら言い切る。

「そうだね。作業に集中しすぎて、鳥かなんかの影を見間違えたんだ」

「だよな」

スティーブンがすぐさま賛同したのに対し、情報通の学生が「いや、でも」と何かを思いついたように異論を呈した。

「もしかしたら、必ずしも見間違いとは限らないかも」

「なんでだよ」

スティーブンが言い返す。

「それなら、お前は、この部屋に幽霊がいたとか言う気か?」

「うん。もちろん、あくまでも可能性に過ぎないけど、ほら、あんなことがあったばかりだし……」

なんとも意味深な言い方をした情報通の学生であったが、話のわからなかった他の三人が、顔を見合わせ、スティーブンが代表して訊き返した。

「……あんなこと?」

「あれ、知らない?」

訊き返しつつ、その情報を教えることのできる優越感に浸りながら、情報通の学生が「僕も」と教える。

「さっき聞いたばかりだけど、一昨日、この学寮に修道士の幽霊が出たって——」

4

数日後。

石畳が続くケンブリッジの街中を歩きながら、トーマス・フィッシュボーンは呆然《ぼうぜん》と呟いた。

「すげえ……」

彼がスマートフォンで見ているのは、大手のネットオークションサイトで、そこに、あるものを出品したところ、想像以上に高値で落札されたのだ。

（まさか、これほど高く売れるとは……）

正直、思ってもみなかった。

こんなうまい儲《もう》け話があって、いいものだろうか？

だが、現実に画面にはその金額が表示されていて、からかわれたのでなければ、彼は間もなく大金を手にするだろう。大金といってもたかが知れているとはいえ、貧乏学生の彼にとっては、間違いなく大金だ。

あとは、先方から入金されるのを待ち、彼が持っている現物を送付するだけである。

平日の昼下がり。

春を迎えたこの時節、緑豊かなケンブリッジの街は花が咲き乱れ、見る者に感動を呼び起こす。

まさに、神の恵みがそこここに溢れ、フィッシュボーンも上機嫌《じょうきげん》になっていた。

足取り軽く歩きながら、スマートフォンをポケットにしまい、代わりに取り出した本のページをパラパラとめくる。革装丁の古い本は、紙の質感と違い、一枚一枚がしっかりしていて、しっとりと手に馴染《なじ》む。

いわゆる、羊皮紙を使った手書き写本というものだ。

おそらく、そのへんの好事家《こうずか》にとっては、内容のいかんを問わず、喉《のど》から手が出るほど欲しいものだろう。

だが、フィッシュボーンの場合、別に稀覯本の蒐集《しゅうしゅう》に興味があるわけではなく、彼にとって、この本は金の卵を生み出すガチョウに過ぎなかった。

この写本の中にある彩飾文字を切り取って、オークションにかける。

それだけで、かなりまとまった金額が手に入るのだ。

まだまだ彩飾文字はいっぱいあるし、それを繰り返せば、大学での生活費はなんとかなりそうである。

（さて、お次は、どれにするか……）

金儲けの算段に夢中になっていた彼は、うっかり、左右の安全を確認せずに通りを横切ろうとする。

次の瞬間。
パ、パアアア。
耳をつんざくようなクラクションが鳴り響き、続いて、キキキイイとタイヤが地面をこするイヤな音が木霊した。

驚いて振り返ったフィッシュボーンの目の前に、接近する車のボンネットがあった。

そのあたりから、まるでコマ送りのように静止して見えるようになった光景の中、フロントガラス越しに覗いた運転手の表情は、恐怖に歪《ゆが》み、あたかも轢《ひ》かれる彼のほうが悪いとでも言っているかのように恨みがましいものに思えた。

もっと言ってしまえば、被害者を見る目というよりは、そこに、彼を貶《おとし》める悪魔の姿でも見てしまったかのような――。

だが、時間が静止して思えたのは、ほんの一瞬のことで、すぐに身体にドンという衝撃が走り、フィッシュボーンの視界はひっくり返る。

あとのことは、ほとんど覚えていない。

ただ、遠くで鳴り出したサイレン音が聞こえていたのと、心配と好奇心が半々といった表情で上から覗き込んでくるたくさんの顔があったことは、記憶に刻み込まれる。

それともう一つ。

ゴロンと横を向いた彼の虚《うつ》ろな目の先で、一人の白っぽい服を着た修道士が、路肩に落ちていた写本を拾いあげ、それを手にしたまま歩き去っていく姿が見えた。

(……やめろ)

フィッシュボーンは、薄れゆく意識のどこかで必死に叫ぶ。

(やめろ。それを持っていくな——)

だが、もちろん、その声は声にはならず、すぐに、その場に集まってきた野次馬《やじうま》たちの群れが、彼と彼から離れていく男の間を遮断《しゃだん》した。

5

週末。

多忙なシモンに代わり、ケンブリッジへは、急遽《きゅうきょ》、ロンドン大学の学生で、且《か》つ、ユウリのパブリックスクール時代の後輩でもあるエドモンド・オスカーが同行することになった。

そうなるに至った理由は、ただ一つ。

どこからか「特別公開講義」の情報を仕入れてきたオスカーが、ユウリの前でごねにごねたためだ。彼は昔から誰よりもユウリの懐に入るのがうまく、今回も、じつに上手に立ち回って、強引な要求をあっさり通していた。

賢くて機転が利き、アウトサイダーを気取りつつ下級生から絶大の信頼を得ていたオスカーは、年下にはとことん甘いユウリの性格を知り尽くしたうえで、その時々でユウリとの関係性を変化させることに長《た》けている。状況を見極めながら態度を変える駆け引きのうまさは、この先、彼が弁護士という職業を目指すうえで、とても役に立つだろう。

強く出るところは強く出て、引く時はあっさり引く。

あるいは、淡々としているかと思えば、ここぞというところで甘える。

ある意味、相手はいいように振り回されることになるわけだが、ユウリ自身、そんなオスカーに振り回されることを楽しんでいるところがあって、二人の間には独特の信頼関係が成り立っていた。

ただ、こうなるためには、あくまでもオスカーが年下であることが絶対条件で、同じことを、同い年のアーサー・オニールやシモンなどがやろうとしても、ユウリは戸惑うだけだろう。

とまれ、アストンマーチンを駆ってケンブリッジまでドライブしてきたユウリとオスカーは、駐車場で待っていてくれたセイヤーズの前に軽やかに車体を滑り込ませると、まずは助手席にいたユウリが車から降り立った。ここまで交代で運転するつもりでいたのに、結局、終始ハンドルを握らせてはもらえなかったのだ。

だからといって、別にオスカーがユウリの運転技術を疑っていたわけではなく、単に車好きの男子らしく、アストンマーチンを運転できるという幸運を一分でも長く味わっていたいという願いを叶えてのことである。

なんだかんだ言っても裕福な家庭であるフォーダム家は車を数台所有していて、午前中の早いうちにやってきたオスカーは、車庫に並んだそうそうたる車の列を見て、興奮を隠しきれない様子だった。

そこで、ユウリが、今日のドライブに使う車を好きに選んでいいと言うと、彼は野性味溢れるランドローバーのSUVとスポーツカータイプのアストンマーチンの間でさんざん悩んだ末、アストンマーチンを選んだ。目的地までさほど田舎道《いなかみち》がないことや、キャンプではないので持ち運ぶ道具も少ないというのが、その理由だったようだ。

そして、ケンブリッジまでのドライブの間、オスカーは、ここ最近で一番と言えるほどのご満悦ぶりであった。しかも、法科に通う身でありながら、もともとメカニカルなものが好きな彼は、運転技術も非常に高く、法定速度すれすれですっ飛ばしたため、予定よりかなり早く着いてしまった。

そこで、セイヤーズを呼び出し、先にお茶でもしようということになったのだ。

ユウリの顔を見たセイヤーズが、眼鏡の奥の瞳を細め、嬉しそうに迎える。

「どうも、お久しぶりです、フォーダム」

「やあ、セイヤーズ。本当に久しぶりだね。授業、大変なんだって？」

道々、オスカーから仕入れた情報を出すと、小さく肩をすくめたセイヤーズがなんてことないように応じる。

「……まあ、そこそこ、ですかね」

優秀で要領のいい彼の「そこそこ」は、ふつうの人間ならギブアップも考えるほどのハードさということだろう。彼が目指しているのが医者という尊い職業であれば、それもしかたないことなのだろうが、無理は禁物である。

セイヤーズが、授業の話題を避けるように「それより」と訊き返す。

「ドライブは、いかがでしたか？」

「快適だったよ。ずっとオスカーが運転してくれたから、僕は楽だったし」

「それなら、帰りも、帰りは寝て帰るといいですよ」

暗に「帰りも、オスカーを運転手代わりにしろ」と示唆している。

「……いや、さすがに、そういうわけには」

そんな皮肉を交えつつ旧交を温める二人に対し、遅れて運転席から降り立ったオスカーは、なんとも名残惜しそうに車体に触っている。自分がそれを運転してきたということが、誇らしくてしかたないらしい。

その思いを、挨拶《あいさつ》より先に友人にぶつけた。

「見ろよ、セイヤーズ。この車。かっこいいだろう」

だが、ユウリの時とは打って変わって冷たい表情になったセイヤーズが、チラッと相手を見やって淡々と答えた。

「ああ。かっこいいな」

「俺、これをロンドンから運転してきたんだぞ」

「知っている。見ていたから」

「見ていたからって……」

オスカーがセイヤーズを振り向いて訊いた。

「なんだよ、他にもっと言いようはないのか？」

「ない」

「バカ言うな。あるだろう。いい車だとか、羨ましいとか」

「は」

冷たくあしらったセイヤーズが、理路整然と言い返す。

「お前の車でもないのに、なんでお前を羨ましがる必要があるんだ。車を誉《ほ》めるにしたって、お前ではなく、所有者であるフォーダム博士に対して言うよ」

「あ、そ」

「そう」

「相変わらず、淡白だな」

「どうも」

ひょいと肩をすくめて応じたセイヤーズに、オスカーが、「ていうか」と文句を言う。

「お前、それが、久々に会う友人に対する態度か？」

喧嘩腰の二人を見比べながら、少々気遣わしげにしているユウリをうながして歩き出そうとしていたセイヤーズは、そこで面倒くさそうに首だけ回し、つっけんどんに応じる。

「そんなの、会って早々、挨拶の一つもない男に言われたくない。――それに、僕たちの場合、久々というほど、久々でもないだろう」

「ま、そうか」

思わず納得してしまったオスカーを、薄緑色の瞳でジロリと見て、今度はセイヤーズのほうが「だいたい」と不満をぶつけた。そういう顔をすると冷たさに拍車がかかり、けっこう怖い。

「言わせてもらうと、お前こそ、ちょっと図々《ずうずう》しくないか？」

「図々しいって、何が？」

「とぼけるなよ。なんで、来た？」

どうやら、セイヤーズは、今回のイベントに、急遽オスカーが加わったことが気に入らないようだ。心情としては、自分のことだけでもフォーダム博士に面倒をかけて申し訳なく思っているのに、そこにオスカーなんかがぶら下がっては、申し訳ないどころの騒ぎではないということなのだろう。

別にセイヤーズが無理を言ったわけではないのだから気にする必要はまったくないのだが、根が真面目《まじめ》で責任感が強いだけに、知らん顔もしていられないらしい。

心情を察したユウリが、チラッとセイヤーズを見あげて苦笑する。

この下級生二人の関係は、けっこう不思議で、正反対の性格をしていながら似た者同士のように呼吸が合う。

服装も、オスカーが黒いズボンとTシャツの上に、コートの代わりとして赤と黒のバッファローチェックのロングシャツを合わせるという今風のものであるのに対し、セイヤーズは、アースカラーでまとめた服の上に、英国人の定番であるバーバリーのスプリングコートというなんとも優等生な恰好《かっこう》をしているのだが、並んで立つと、それはそれで互いを引き立て、妙に様になっている。

まさに光と影のような二人で、周囲をひやりとさせるような口論をするくせに、誰よりもお互いを信頼し合っているのだ。

今もそうで、傍《はた》からどう見えようと、当人たちはこの会話をどこか楽しんでいる。

（……なんか、ちょっと懐かしいかも）

ユウリが寮にいた頃は、この手のことが日常茶飯事《さはんじ》であった。

そんなことを思うユウリの前で、オスカーが「そんなの」といけしゃあしゃあと答える。

「公平を期しただけじゃないか」

「……公平？」

「そう。『公平』という言葉がピンとこなければ、『平等』と言いなおしてもいい。――あるいは、『機会均等』？」

「『機会均等』って……」

眉をひそめたセイヤーズが、「つまり」と相手の言い分を整理する。

「お前が、今日、ここにいるのは、身勝手さの結果ではなく、僕たちが生まれながらに持っている権利《ライト》の行使だとでも言う気か？」

「そのとおり《ザッツ》」

パチンと指を鳴らしたオスカーが、その指をセイヤーズのほうに向けて誉めた。

「よくわかっているじゃないか」

「何が」

呆れたように応じたセイヤーズが「似非《えせ》弁護士……」と毒づいてから溜め息をつく。これ以上、オスカーを相手に何を言っても無駄だと思ったのだろう。

代わりに、ユウリに向かって謝る。

「本当にすみません、フォーダム。こんなことになってしまって」

「別に」

それまで旧友二人の会話を聞き流していたユウリは、そこでようやく口を開いた。

「セイヤーズが謝るようなことではないし、僕自身は、こうして二人同時に会えて、とても嬉しいよ。——二人の言い合いも、すごく懐かしいし」

とたん、セイヤーズとオスカーが顔を見合わせ、目で反省し合う。

たしかに、久しぶりに会った仲間同士が、いきなり目の前で喧嘩のようなことを始めたら、ふつうはたまったものではないはずだ。それを特に咎《とが》めるでもなくのんびりしていられるのは、やはりそれがユウリだからであり、他の人間なら、こうはいかない。

　結局、自分たちのやっていることがいちばんユウリに迷惑をかけていると気づき、それからしばらく、二人は口を閉ざした。

　その間にケム川沿いのカフェに入った彼らは、それぞれサンドウィッチなどの軽食と飲み物を持ってテラス席に陣取る。

　そうして、ようやく落ち着いたところで、改めてセイヤーズがお礼を述べた。

「それにしても、今日は、本当にありがとうございます、フォーダム。お父上の講義は人気が高くて、ふつうに申し込んでいたら、まずもって無理だったでしょう」

「そうなんだ」

「はい」

　頷《うなず》いたセイヤーズが、オスカーに向けて念を押す。

「——そのあたり、きちんとわかっているんだろうな、オスカー」

「もちろん、重々承知の上さ。——だからこそ、お前の専売特許にさせる気はなかったわけで」

「……ああ、そう」

　これ以上の非難を避けるためにも、セイヤーズはユウリに視線を戻して尋ねる。

「それで、フォーダムはお変わりありませんか？」

「そうだね。特に変わったことはないかな」

「ベルジュも？」

ここにはいない貴公子の名前をあげられ、ユウリが小さく微笑《ほほえ》んで応じる。

「シモンも元気だよ。ただ、今、すごく忙しいみたいで、今日も、来たそうにしていたんだけど」

「僕も、ベルジュにお会いしたかったです」

答えたセイヤーズの顔を見つめたユウリが、「――そう言うセイヤーズは」と若干気遣わしげに訊く。

「また、少し痩《や》せた？」

「そうですか？」

「うん」

ユウリの言葉に、ストローを口にくわえたオスカーも、友人の顔に視線を注《そそ》ぐ。言われてみれば、たしかに痩せたし、顔色も若干悪いようだ。

気になったオスカーが、横から尋ねる。

「お前、ちゃんと飯食っている？」

「……ああ、まあ」

曖昧に答えたセイヤーズは、実はあまり食べていない。

規則正しい生活を余儀なくされたパブリックスクール時代と違い、大学では、基本、個人の責任で生活が営まれる。当然、決まった時間にみんなで食事をするようなこともないため、レポートなどに熱中していて、夕飯を食べそびれることはままあった。

昼食も、しかり。

ユウリやオスカーが、ロンドン大学においても、今までと同じように仲間たちと寄り集まって食事をしているのに対し、セイヤーズは、今のところ、決まった仲間を作らず、つかず離れずの距離を維持していて、食事は一人で取ることが多い。それも、食堂というよりは、授業の予習や復習をしながらベンチで食べたりするくらいだ。

そうなると、もともとそれほど食にこだわりのないセイヤーズが痩せてしまうのは、自然の流れというべきだろう。

その差は、二人の体格に歴然と現れていて、以前はほぼ同じ体型だったのが、この一年でさらに体つきのしっかりしてきたオスカーとは違い、セイヤーズは、ひょろりとした印象に近づいている。

危ぶんだオスカーが、尋問口調で容赦なく突っ込む。

「なら、昨日の夕飯は何食った？」

「……昨日？」

なって言《い》い淀《よど》む。

食べたことすら忘れかけていたセイヤーズは、思い出したとたん、気まずそうな顔に

「昨日は……」

「昨日は？」

「――シリアル」

オスカーが、黒褐色の目を見開いて訊き返す。

「シリアルだけか？」

「……と牛乳かな」

「それは、ほぼほぼ『シリアルだけ』だ」

呆れたように言い切ったオスカーの横から、ユウリも尋ねる。

「それなら、お昼は？」

「昼ですか？」

「そう」

これでもし、朝と昼にしっかりした食事を取っているのであれば、夜はさほど問題ではないと思ったのだが、少し考えた末にセイヤーズが言った答えは――。

「昨日の昼も、ここのサンドウィッチです」

「朝は？」

「朝は、たいてい、栄養ドリンクですませています」

そこで、ついにユウリとオスカーが顔を見合わせ、オスカーが少し怒ったような口調で問い質した。

「それなら、お前、この一週間で、肉料理や魚料理を食ったか？」

「肉料理や魚料理。……さあ、どうだったかな」

考え込んだセイヤーズが、ややあって、「ああ」と答える。

「たまにクラムチャウダーとか」

「それは、貝だ！」

もちろん、貝の栄養価は高いし、取らないよりは取ったほうがいいが、今の場合、根本的に言っていることが違うため、そう突っ込まざるをえなかった。

「まったく」と呆れたオスカーが、ここぞとばかりに嫌味を言う。

「まさに、『医者の不養生』ってやつだな」

「うるさいよ」

「だが、事実だろう」

存外真面目な口調で、オスカーは指摘する。

「たしかに、昔から『食』にはこだわらない奴だったが、好き嫌いと健康管理は別物だからな。若さにかまけて自己管理を怠《おこた》れば、いつか絶対に痛い目を見るし、言わせてもらえば、どんなにお前が優秀でも、俺なら、今にも倒れそうな顔色の悪い医者に診察をしてほしいとは思わない」

「――――」

痛いところをつかれ、さすがに堪《こた》えたらしいセイヤーズが、口を引き結んで黙り込む。

今までとは違う、本気で気まずい空気が流れる中、ユウリがセイヤーズの手に手を重ねて、「あのさ、セイヤーズ」と静かに語りかけた。

「もし、君が食べることに興味が湧《わ》かなかったとしても、たとえば、このトマトの一つにしたって」

言いながら、フォークで食べかけのサラダの中からプチトマトを選んで突き刺し、続ける。

「リコピンやβカロテンみたいな、健康な身体を維持するために必要な栄養素をたくさん含んでいると思えば、この向こうに、ある種の生化学を見出《みいだ》すことはできないかい?」

「……トマトに生化学」

「そう」

頷きながら、そのトマトをセイヤーズの口元に差し出す。

一瞬悩んだセイヤーズであったが、ユウリの煙るような漆黒の瞳にうながされ、口を開いて受け入れた。

するとと、不思議なことに、そのなんの変哲もないトマトが、口の中で噛《か》み砕《くだ》いているうちにただのトマトではなくなり、そこから身体の中に瑞々《みずみず》しいエネルギーのようなものが広がっていくのを感じる。

それは、かつてない体験であった。

しかも――。

（……なんか、美味《おい》しい？）

トマトを飲み込んだセイヤーズが、びっくりしたような表情でサラダを見おろすのを眺め、ユウリがさらにキュウリを突き刺しつつ説得する。

「つまり、美食ということではなく、ここにれっきとした生化学があると思えば、セイヤーズなら、むしろとことん食を研究して、将来、病気になった人や病気になりかけている人が、あまり薬に頼らずとも健やかに暮らしていける生活を提案できるようになると思うんだけど」

「――たしかに」

認めたセイヤーズの前にそのキュウリを差し出すと、今度は躊躇《ちゅうちょ》なく口にした。おそらく、今は、行為そのものに意識はなく、ユウリに言われたことを深く吟味していたためだろう。

だが、傍からその様子を見ていた人間にとって、それはなかなか珍しい見物であったようで、輪の外から、ふいにからかい気味の声がかかる。

「いいね、ユウリ。俺にも、その美味しそうなサラダを食わしてくれないか？」

ユウリがハッとして振り返ると、そこに、彼らのパブリックスクール時代の大先輩であるキース・ダルトンの姿があった。

黒髪に青い瞳を持つダルトンは、洒脱《しゃだつ》で魅惑に満ち、昔から「快楽主義者《エピキュリアン》」の名をほしいままにしている青年だ。しかも、非常に優秀で、フォーダム博士の研究室で頭角を現している現在、今講義でも裏方を手伝っているはずであるが、どうやらヒマを見つけて後輩たちを捜しにきたらしい。

「ダルトン！」

「やあ、諸君《ボーイズ》」

挨拶しつつ自分の口を指し示したため、しかたなくユウリがトマトとキュウリを刺し貫いて、ダルトンにも食べさせる。

それを満足そうに飲み下してから空いている席に座り、ダルトンは「なるほどねえ」と意味深に頷いて、三人の顔を順繰りに見まわした。

「これは、ちょっとした発見だったかもしれない」

「発見？」

「そう。わが後輩たちは、お目付け役がいない時には、こんなふうにユウリに甘えまくっていたんだな」

お目付け役とは、もちろん、ここにいないシモンのことで、どうやら先ほどの情景を見て、何か誤解したらしい。

察したユウリが、後輩たちのために弁明する。

「ああ、違いますよ、ダルトン。さっきのは、セイヤーズが甘えていたとかそういう話ではなく、ただ、彼の食が細いのを心配して説得していたんです」

「説得？　あれが？」

「はい。説得です」

「ふうん、説得ねえ」

珍しく少しムキになって主張したユウリからセイヤーズに視線を移し、ダルトンが、

「かなり無理がある気はするが、まあ、たしかに」と応じる。

「セイヤーズの性格からして、彼が食を疎《おろそ》かにしがちなのはわかるし、そんなことを繰り返したあげく、卒業前に潰れていった医学生を何人か知っているから、そうならないよう教え導くことには賛成だが、正直、今現在、彼の顔色が悪いのは、ふだんの食生活のせいだけではないと思うがね」

「え、そうなんですか？」

意外そうに訊き返したユウリの横から、オスカーが尋ねる。

「他に何があるっていうんですか？」

　すると、間髪を容《い》れずに、ダルトンが答えた。

「幽霊」

「……幽霊？」

「そう、幽霊」

　認めたダルトンが、「こいつの」と言いながら、セイヤーズを指して続ける。

「暮らす学寮のある建物で、先日、修道士の幽霊が出たらしい」

　オスカーとユウリが顔を見合わせ、それからほぼ同時にセイヤーズに視線を向けた。

　付き合いの長い彼らは、セイヤーズが、意外にも幽霊の類《たぐ》いが大の苦手で、本気で嫌がるのを知っているからだ。それだけに、もし本当にその手の話が彼の周囲で湧きあがっているのだとしたら、顔色が悪いのも頷ける。

　ユウリが、セイヤーズのことを気にしつつ、ダルトンに確認する。

「本当に、幽霊が出たんですか？」

「俺が見たわけではないが、そういう話だ。――そうだろう、セイヤーズ？」

　すると、幽霊に関する話にしてはあんがい落ち着きはらった態度で「はい」と頷いたセイヤーズが、「ダルトンの言うとおり」と答えた。

「ここしばらく、寮内はその話でもちきりでしたが、僕があちこち訊いて回ったところでは、修道士の幽霊を見たと騒いだ学生は、実は、その時かなり酔っぱらっていて、真相は、見回りに出ていた守衛を幽霊と見間違えただけのようですよ」

「なんだ、やっぱ眉唾《まゆつば》か」

セイヤーズと違い、むしろこの手の話題が大好きなオスカーが、少々がっかりしたように呟いた。

それを聞き逃さなかったセイヤーズが、呆れた口調で咎める。

「当たり前だろう。幽霊なんて、そうそういてたまるか」

その発言には、ユウリは苦笑するしかなかったが、それでも、ふつうはセイヤーズの言うとおりであり、この場合は万事「めでたし」だ。

だが、せっかくそれですむと思いきや、話題の提供者であるダルトンが、「いや」と否定した。

「残念ながら、そう簡単に『眉唾』と切って捨てることもできないみたいだぞ」

「……そうなんですか？」

警戒心をにじませてセイヤーズが問い返すと、「ああ」と頷いたダルトンが、「君はまだ聞いていないようだが」と教える。

「ここに来て、幽霊に関する新たな証言が出てきたんだよ」

「新たな証言？」

「そう」

「どんな？」

胡乱げにしているセイヤーズを見すえ、ダルトンが一つの名前をあげる。

「トーマス・フィッシュボーン」

とたん、わずかにビクリとしたセイヤーズが、薄緑色の瞳でダルトンを見返した。その様子に危機感を読み取ったオスカーが、黙り込んだ友人に向かって問いかける。

「誰だ、そいつ？」

セイヤーズがオスカーに視線を移し、口早に答えた。

「つい最近、事故に遭って入院している学生だよ」

「事故？」

「ああ」

それは穏やかでないと眉をひそめたオスカーが、チラッとユウリと視線をかわす前で、セイヤーズは眼鏡を押し上げ「しかも」と続けた。

「事故に遭う前、彼が、古い手書き写本のページを切り取ったりしていたから、そのせいで罰が当たったのではないかと、もっぱらの噂だったんだ」

「罰……ねえ」

半信半疑のオスカーからダルトンに視線を戻し、セイヤーズが慎重に問い質す。

「……それで、フィッシュボーンが、どうしました？」

それに対し、若干声を低くしたダルトンが、重々しくその事実を告げた。

「それがなあ、事故を起こした運転手の話では、フィッシュボーンと接触する直前、彼は道をよぎった修道士を避けようとして急ブレーキを踏んでいたのだそうだ。そのせいで、ハンドルを取られ、直後に道に踏み出したフィッシュボーンを避けきれなかったと――」

6

同じ頃。

ケンブリッジの別の場所では、学生らしき青年が、スマートフォンの画面を絶望的に見つめながら呟いた。

「……ヤバい。どうしたらいいんだ？」

彼が見ているのは銀行の預金残高で、この口座には、実家から彼の当面の生活費が振り込まれるのだが、次の入金を前に完全に底をついていた。

原因は、遊びすぎだ。

志望校に入ることができ、親元を離れた彼は、バラ色の人生に浮かれ、完全に我を忘れた。なんといっても、彼がいた地方の村と違い、それなりに都会であるケンブリッジには、勉学の殿堂だけでなく、さまざまな遊び場があって、彼のような初心《うぶ》な学生を誘惑するからだ。

夜ごとのパーティー。

賭《か》け事《ごと》。

ブランドものの服。

それでも、最初の頃はおっかなびっくり使っていたのが、だんだん金銭感覚が麻痺《まひ》してきて、気づけば湯水のごとく使うようになっていた。

少し前に、ようやく我に返って危機感を抱き、日払いのアルバイトをしながらなんとかしのいでいたが、仕事と勉学の両立は苦しく、当たり前だが、成績も右肩下がりに落ちている。

このままでは、なんのためにがんばってケンブリッジに来たのかわからない。

(本当に、ヤバいぞ)

なんとか、手っ取り早く稼ぐ方法はないものか――。

スマートフォンの画面とにらめっこしながら、彼がそんなことを考えていると、ふいに肩を叩《たた》かれて驚いた。

「よ。スキナー。元気にしているか?」

「なんだ、レノンか。脅かすなよ」

「脅かすって、人聞きの悪い。単に挨拶しただけだろう」

心外そうに応じたレノンが、「お前こそ」と友人が手にしているスマートフォンを顎《あご》で指しながら言う。

「脅迫メールでも来たかのように、おっかない顔で画面を睨《にら》みつけていたけど、何かあったのか?」

「……いや」

返事に困ったスキナーが、結局、遊び仲間の気安さで正直に心情を吐露《とろ》した。

「実は、今月、苦しくてさ」

とたん、慌てたようにレノンが両手を胸の前で立てた。

「あ、言っておくけど、貸せないよ。俺もピンチなんだ」

「わかっている」

本音を言うと、あわよくば、金を借りられないかと思ったのだが、同じように遊んでいれば、結果は聞かなくてもわかる。

小さく溜め息をついたスキナーが、「ただ」と言う。

「どこかに、うまい儲け話でも転がっていないかと思ってさ」

「うまい儲け話……ねえ」

スキナーはまったく期待せずに言ったのだが、思いの外《ほか》、心当たりのありそうな様子でレノンが片手で顎を撫《な》でた。

興味を惹《ひ》かれたスキナーが、問い質す。

「なんだよ、何かあるのか？」

「……うん、まあ。ないこともないかも」

「マジか？」

予期していなかっただけに、一条の光が射《さ》したように思ったスキナーが、身を乗り出して訊く。

「それなら、教えてくれよ。いったい、どこにうまい儲け話があるんだ?」

「それが、俺も噂に聞いただけで、たしかな話はわからないんだけど、トーマス・フィッシュボーンっていう学生が——」

「トーマス・フィッシュボーン?」

その名前に反応したスキナーが、軽く首を傾げてから確認する。

「それって、この前事故にあった奴じゃないっけ?」

「そう」

頷いたレノンが、「そいつが」と話を続ける。

「事故に遭う前に、一儲けしていたって話なんだ」

「へえ。どうやって?」

「なんでも、二束三文で手に入れた古書が金の卵を産むガチョウだったらしく、バラ売りした一部がネットオークションで大金に化けたって話だよ」

「——そうなんだ」

本気で目の色を変えたスキナーが、ゴクリと唾を飲み込んで言う。

「それは、たしかにうまい儲け話だな」

「ああ。——ただ、必ずしもいいことばかりではなかったみたいで、フィッシュボーンが事故にあったのは、その古書の祟《たた》りとも言われているみたいなんだ」

「……祟り？」

この科学万能のご時世に、そんな馬鹿《ばか》な話があるかとバカにしつつ、スキナーが訊き返す。

「なんの？」

「俺が聞いたところでは、その古書には、元の持ち主である修道士の霊が憑《つ》いているのだとかって」

「ふうん」

どうやら、典型的な「祟り」話であるようだ。

幸運と不運が同時にくると、その両者を結びつけ、因果応報のような「祟り」話ができあがる。

だが、その手のことをあまり信じていないスキナーは、怖がるより、その本が大金を生むことに注目し、なんとしても、その恩恵にあずかりたいと考えた。

そこで、さりげなく確認する。

「それで、フィッシュボーンは、まだ、その本を大事に持っているのかな？」

「さあ、知らないけど、誰かに盗《と》られていなければ、あるんじゃないか？」

その時、別の人間がレノンを呼んだため、彼は「じゃあ」と言って、スキナーに別れの挨拶をした。

「まあ、それはそれとして、いいアルバイトがあったら、連絡するよ」

「ああ、頼む」

そこで、二人は別れ、スキナーは、その足でフィッシュボーンの所属する学寮へと向かった。

第二章　古書店での出来事

1

週明けのロンドン。

授業が一つ休講になり、次の授業までの時間を潰《つぶ》すため、ユウリは大学の近くにある古書店に立ち寄った。

「古本屋」ではなく「古書店」であるその店は、中世彩飾写本の品揃《しなぞろ》えが秀逸で、もともとは、ユウリの親友であるフランス貴族の末裔《まつえい》シモン・ド・ベルジュが気に入って御用達《ごようたし》にしていたのが、一緒に通ううちに、ユウリも店主と顔馴染《かおなじ》みになり、時間がある時に目の保養として店内をウロウロさせてもらうようになったのだ。

店主も、ユウリが買い物客でないことを承知しているため、自由に店内を歩かせてくれたし、たまにユウリが好きそうな掘り出し物があると、「買わなくていいから見ていくかい?」と声をかけてくれる。

今日も、ユウリの顔を見るなり、「いいものがあるよ」と声をかけてくれ、一緒に十三世紀のドイツで作られた彩飾写本を堪能《たんのう》したあと、少し店内をぶらついた。

その際、客は自分一人だと思っていたユウリは、奥の棚の前に人がいたので、ちょっと驚く。しかも、ロンドンでは珍しい白っぽい修道服を身にまとっているので、何かキリスト教関係のものを物色しに来たのかもしれないと勝手に思う。

ユウリが見ている前で、その修道士はスッと流れるように動き、店を出ていった。入れ替わるように、一人、どうやらお得意様らしい客が来て、店主は、すぐさまその客の相手を始める。聞こえてくる会話の様子からして、先ほど見せてくれた写本は、その人物のために仕入れたものであるようだ。あの質の高さであれば、シモンがいれば、きっと欲しがったであろうが、世の中のものすべてが手に入るわけではないことくらい、彼も重々知っている。

さほど広くない店内は、絨毯《じゅうたん》が敷かれ、貴族の図書室のような設《しつら》えだ。足音をたてずに書架《しょか》の間をそぞろ歩いていたユウリは、ふと目をやったところに、古い写本があるのに気づき、首を傾《かし》げた。

装丁は質素だが、間違いなく羊皮紙に書かれた手書き写本だ。

(……へえ、珍しい)

なぜ違和感を覚えたかというと、手書き写本はどんなものでも高価であるため、この店では、棚に無造作《むぞうさ》に置くことはないからだ。

棚に置いてあるのは、基本印刷本で、それも二十世紀に入ってからのものに限られていたが、だからといって、決して値段が安いわけではなく、著名な作家の初版本などであれば、正直、ユウリには手が出ない。

それだというのに、こんなふうに無造作に手書き写本が置いてあるということは、もしかしたら、店主が誰かに見せたあと、そのまま忘れて置きっぱなしにしてしまったのかもしれない。

ありえないようでも、人間うっかりということはある。

気になって、店主のほうを見るが、彼は先ほどの客と話し込んでいて、こちらにはまったくと言っていいほど注意を払っていない。

小さく溜《た》め息《いき》をついたユウリは、その前を通り過ぎ、違う本を手に取った。

十六世紀にフランスで作られたとても有名な時禱書《じとうしょ》を扱った美術書で、十年ほど前に全世界に向け、冊数限定で貴重な原本のファクシミリ版が刊行された際、その解説本として一般向けに販売されたもののようである。

写真もきれいで、傷みもないため、販売時の価格より高い値がついていた。

ユウリは、この本のことは知らなかったが、たまに遊びに行くロワールにあるベルジュ家の城には、その時に限定発売されたファクシミリ版の時禱書が所蔵されていることは知っている。ファクシミリ版とはいえ、当時の価格で数万ユーロ、日本円に換算すると数百万円の代物である。

美術書を棚に戻し、さらにブラブラ歩いていくと、本の閲覧のために置かれているソファーのところに、先ほど見たのと同じ手書き写本があるのが目に入る。

(……え?)

ユウリは近づいてその手書き写本を見てから、振り返って先ほどの棚のほうを見る。

それから、もう一度、目の前の手書き写本を見おろすと、今度は小さく声に出して驚いた。

「――え、なんで?」

この手書き写本が、ここにあるのか。

誰かが移動させたのだろうか。

だが、この店には、現在、ユウリを含めて三人の人間しかいない。しかも、そのうちの二人は、ずっとソファーセットのところで商談を続けているため、この手書き写本を動かせるわけがない。

もちろん、ユウリも動かしていない。

となると、考えられるのは一つ――。

ユウリは、念のため、来た通路を戻って棚を確認したが、やはり元の場所にはなく、この手書き写本は明らかに移動していた。

（……まさか、勝手に動いた？）

本が勝手に移動するなど、ふつうありえないが、母方の実家が古都京都に千年の歴史を持つ陰陽道《おんみょうどう》宗家で、その血を受け継ぎ、破格の霊能力を持って生まれたユウリの場合、そういうことは日常茶飯事《さはんじ》であったりするため、不思議に思うより、むしろその理由に興味が湧《わ》く。

なぜ、手書き写本は勝手に動いたのか――。

日本では、古いものには魂が宿ると言われ、付喪神《つくもがみ》などは、それら古物の霊であると考えられている。

この本も、そうなのだろうか。

古びて、魂を帯びた。

だが、だとしても、なぜ、ユウリにまとわりつこうとするのか。

（まさか、からかわれた……？）

そんなことを思うが、だとしたら、ちょっと情けない話である。

結局、理由はわからないまま、次の授業の時間が迫っていたこともあり、ユウリはその件について深く追究することなく、店をあとにした。

2

その夜。

ハムステッドにある自宅に戻り、フォーダム家に居候《いそうろう》中のベルジュ家の次男アンリとの夕食を終えたあと、教科書を取りに一度自室に戻ったユウリは、鞄《かばん》をあけたところで、

「え？」と声をあげた。

「嘘《うそ》――」

ユウリが絶句するのも、無理はない。

あけた鞄の中には、見知らぬ――いや、ユウリのものではないが、どこかで見たことのある本が入っていたからだ。

革装丁の古そうな本である。

取り出して見ると、それは羊皮紙を使った手書き写本で、その瞬間、ユウリの脳裏に昼間立ち寄った古書店での出来事が蘇《よみがえ》る。

（まさか――）

ユウリは、手書き写本を見つめながら思う。

（ついてきちゃった？）

おそらく、そうだろう。

少なくとも、ユウリは入れていない。それに、あの時の状況を考えれば、他の人が入れるのも不可能だったはずだ。

となると、やはり、この本が自ら入り込んだとしか考えられなかった。

だが、そうなると、いささか状況はまずい。

会計を済ませていない本がここにあるということは、はたから見れば、ユウリが店からこっそり持ち出したことになり、世間一般では、それを「万引き」という立派な犯罪行為とみなす。

（うわあ、そうか。これは、ちょっと、本当にまずいな）

ユウリは、この瞬間、犯罪者になってしまった。

しかも、おそらく、ことはそれだけではすまされないはずだ。

なんといっても、ユウリがあの店で自由にさせてもらっていたのは、ベルジュ家の子息の連れということで信頼を得ていたからで、そのユウリが「万引き犯」となってくると、当然、シモンの信用まで落としてしまいかねない。

（う〜ん）

ユウリは、かつてないほど動揺した。

（どうしたらいいんだろう――）

もちろん、悩んだところで、彼にできることといえば、明日一番に店に行き、事情を話して許してもらうことくらいしかなく、その際、買い取る必要があれば、買い取る。とはいえ、おそらくユウリに出せる金額ではないだろうから、最終的には彼の父親が払うことになるだろう。

つまりは、父親にも迷惑をかけるわけだ。

「……ああ、本当にもう」

どうしてくれるんだ——。

ユウリが肩を落とし、恨みがましい目で手書き写本を見おろしていると、背後でコンコンとドアをノックする音がし、返事をする前にアンリが顔を覗《のぞ》かせた。すぐに書斎に戻るつもりだったため、彼の部屋のドアは半開き状態だったのだ。

「ユウリ、溜め息なんかついて、どうかした?」

慌《あわ》てて振り返ったユウリは、ひとまず何げなさを装おうとする。

「いや、別に、なんでもないよ」

「そう?」

黒褐色の瞳《ひとみ》を細めたアンリが、「でも」と探るように続けた。

「なんでもないって顔は、まったくしていないし、むしろ、僕から見てトラブル満載って顔をしているんだけど、本当になんでもない?」

「……えっと」

「なんでもなくはないよね？」

「いや、ううんと」

すっかり見抜かれているようであったが、それでもユウリが話すのを躊躇《ためら》っていると、小さく吐息をついたアンリが、「あのさあ、ユウリ」と諭《さと》した。

「年下に相談するのは嫌かもしれないけど、兄は、あれでけっこう僕の意見を参考にしてくれるし、居候の身としては、たまには思いっきり頼ってくれると、居候のしがいがあって嬉《うれ》しいんだけどな」

「……ああ、まあ、そうか」

たしかにそうだろうし、それに、ことはベルジュ家にも関わることだ。一人でどうにかしようとする前に、ベルジュ家の人間にも相談してみるべきだし、そうなると、相談するのにこれほどの適任者はいない。

そこで、少し悩んでから、ユウリは正直に打ち明けた。

「実は……」

話を聞き終えたアンリが、手にした手書き写本をパラパラとめくりながら「なるほどねえ」と頷《うなず》く。

金髪碧眼《へきがん》の多いベルジュ家の中にあって、一人、黒褐色の髪と瞳を持つアンリは、貴公子然としたシモンとは違い、どこか野性味のある自由人のイメージが強い。だが、こうして話を聞いたり、頷いたりする時の様子は、ドキリとさせられるほどシモンにそっくりで、二人が兄弟なのだということを、しみじみと実感させられる。

話し方も、軽妙さの中にしっかりと良家の子息の丁寧さがあって、イントネーションなどが本当にシモンと似ていた。

「それは、なんともユウリらしい」

「そうなんだけど、いくら不可抗力とはいえ、こうして霊的なことが原因で、ベルジュ家の信用まで失墜させてしまうことが続くようなら、しばらくは、シモンとの付き合いも控えたほうがいいかもしれないと思えてきて、正直、落ちこんでいる」

いつになく悲観的でどんよりしているユウリを見て、軽く片眉《かたまゆ》をあげたアンリが、賛同しかねるように応じた。

「まさか、それ、本気で言っていないよね?」

「……どうかな。よくわからない」

「わからないんだ」

「うん。だって、本当に、こんなふうにシモンに迷惑をかけるのは嫌だから」

とたん、パタンと手書き写本を閉じたアンリが、「言っておくけど」とバカバカしそうに言う。

「これくらいのことでベルジュ家の信用が揺らいだりはしないし、それに、そもそも、ユウリのことは、兄がいちばんよく知っているわけで、ユウリが故意に本を持ち出したりしないことはわかっているのだから、どんなに荒唐無稽《こうとうむけい》でも、わざわざ謝罪に出向いたユウリの言い分を信じないような店とは、その時点で、兄のほうでその後の付き合いを考えると思うよ」

「……え」

ユウリが、意外そうに目を見開いて、確認する。

「そうかな？」

「うん」

「本当に？」

「もちろん。当たり前じゃないか」

断言したアンリが、「だから」と続ける。その言い方がやはりシモンとそっくりで、ユウリは、シモン本人に諭されているような気分になった。

「ユウリは、気にせず、正直に起きたことを話せばいいよ。——それで信じてもらえなくても、それは向こうの判断なんだから、ユウリが気にすることではない」

「まあ、たしかに」

いつもなら、ユウリもそう思って気にしないのだが、やはりシモンやベルジュ家が関わってくるとなると、そう簡単には割り切れない。

それでも、アンリの言うことはもっともで、ここにシモンがいれば、ほぼ一言一句同じことを言いそうであると思い、ユウリは、ようやく晴れやかな気分になった。

「そうだね。アンリの言うとおり、とりあえず、明日、お店に行ってくるよ。それで、その後の対処をどうするかは、また改めて考えることにする」

「それがいいと思う」

手書き写本を返しながら応じたアンリが、「なんなら」と付け足した。

「僕も一緒に行こうか？」

「あ、いや。それは、本当に大丈夫」

いくら態度物腰がシモンに似ているからといっても、彼はシモンの異母弟で、つまりはユウリにとっても弟分であれば、アンリの不始末に自分がついていくことはあっても、その逆はありえない。

そこでユウリは、もうはた迷惑な手書き写本のことは気にするのをやめ、授業の予習をするために、アンリとともに書斎へと向かった。

3

翌日。

ユウリは、大学に行きがてら例の古書店に立ち寄って、手書き写本を返した。

その際、さすがに「勝手についてきてしまった」とは言えなかったので、「何かのはずみで鞄の中に入ってしまったみたいで……」と言い訳する。

「これが……？」

「そうなんです」

ユウリは、相手の顔を見つめながら誠心誠意謝罪した。

「本当に、不注意ですみません。昨日の夜、家で鞄をあけてびっくりして、慌てて返しにきたんです」

もっとも、昨日、ユウリが持っていたのはリュックで、そこに入り込むというのはかなり苦しい言い訳である気もしたが、ふくよかな身体《からだ》にジーンズとダンガリーシャツというラフな恰好《かっこう》をした店主は、ユウリの必死の言い訳はあまり聞いていなかったようで、「なるほど」と応じながら、しばらく手書き写本を検分したあと、最終的に意外なことを言った。

「それは気が気でなかったろうけど、申し訳ないが、これはうちの本ではないな」

「――え？」

まさか、そんな話になるとは思っていなかったユウリが、慌てて言い返す。

「でも、僕、昨日、たしかに、ここで、この本を見ました」

「ここのどこで？」

「あのあたりの棚と――」

背後を指さしながら答えていたユウリは、さらに「ソファーのところで」と付け足しそうになり、慌てて口をつぐんだ。見た場所は一つにしておかないと、まったくおかしなことになってしまうと気づいたからだ。

「そうか」

店主は頷き、「ただ」と説明する。

「君も知ってのとおり、うちは、この手の手書き写本は棚には置かないから」

「……そうですね」

そのことは知っているし、だから昨日も気になったのだが、この店のものでないとなると、いったいどういうことなのか。

「――あ、それなら」

ふと思い出し、ユウリが言う。

「あの時、このお店にはもう一人いたから、その方の忘れ物かもしれませんね」

「もう一人？」

訝《いぶか》しげに繰り返した店主が、「それは」と続ける。

「昨日、君にも見せた彩飾写本を買いに来た客のことかい？」

「いいえ」

否定したユウリが、「その前から」と説明する。

「お店の中にいて、新しく入ってこられたそのお客様と入れ替わりに出ていかれた方ですよ。――ほら、修道士の恰好をした」

「修道士？」

「はい。ロンドンではあまり見かけないような白い修道服だったので、よく覚えていて」

すると、さらに訝しげな顔つきになった店主が、首を振って否定した。

「あの時、出ていった客はいないよ。それに何より、君が来る前は、この店に客は誰もいなかったし。――まして、修道士なんて」

「え？」

さすがに驚いたユウリは、口をあけて店主を見返す。

「いなかった……？」

「そう。君が入ってきた時点では、客は君一人だった」

「僕一人――」

そこで、ユウリはハッとする。

（なるほど、そういうことか）

そこにいたって、ユウリはようやく状況を理解するが、ちょっと遅かったようだ。修道士というあまりない恰好に違和感を覚えたせいで、いつもなら判別できる、存在そのものに対する違和感を見逃してしまったようである。

だが、言われてみれば、あれは、そこにいるはずのない人物だった。

（そうだよなあ。……むしろ、なんで気づかなかったんだろう）

ようやく事情がわかったものの、胡乱《うろん》な表情でいる店主とユウリの間に、気まずい沈黙が落ちる。どうやら「万引き犯」という汚名は被らずにすんだようだが、代わりに「妄想癖のある青年」という印象がついてしまった可能性がある。

そこで、ユウリがこの場をどう取り繕うか悩んでいると、一つ溜め息をついた店主が「まあ」と告白した。

「この手の商売をしているとね、今みたいな話はけっこうあるし、まわりでもよく聞くから、君がさほど変だとは思わないが」

言いながら、手書き写本をユウリに返して続ける。

「申し訳ないが、うちは、そういういわくのありそうな本は扱わないようにしているんで引き取るわけにはいかないんだ。――ただ、どうしても気になるようなら、そういうものを専門に扱っている店を紹介するから、そこに持っていくといい。その方面ではかなり有名で、店主の人柄もいいから、きっと引き取ってくれるはずだよ」

それに対し、その店に心当たりのあったユウリが訊《き》き返す。

「もしかして、『ミスター・シン』の店ですか?」

「ミスター・シン」といえば、知る人ぞ知る著名な霊能者で、ロンドンのウエストエンドで古物商を営むかたわら、密《ひそ》かに、霊障などがひどくて保管に困るようなものを引き取ってくれることで有名だった。

ユウリも、何度か店を訪ねたことがあり、互いに顔見知りである。

店主が、感心したように応じた。

「ほお。君は、あの店をすでに知っているのか」

「ええ、まあ」

「なるほどねえ。――その年で、あの店を知っているとは」

勘繰《かんぐ》るように言われたことに懸念を抱いたユウリが、慌てて付け足す。ここであまり変な印象を植えつけてしまうと、シモンに迷惑がかかると思ったのだ。

「知っているというより、知り合いの、そのまた知り合いの店なんです」

だが、別に店主はユウリを色眼鏡で見るつもりはなかったようで、これまでの胡乱そうなものとは違い、どこか尊敬するような眼差《まなざ》しになって告げた。

「心配しなくても、今回の件で君のことを変な目で見たり、敬遠したりしないさ。――それより、むしろ感謝したほうがいいのかもしれないと思ってね」

「感謝？」

「うん。ここ最近のうちの店の幸運《ラッキー》は、君が連れてきていたのかもしれないから」

「……まさか」

「いや、本当に」

意外そうなユウリに対し、店主が「なんといっても」と真剣に説明する。

「うちは、得意客に掘り出し物を紹介するだけでなく、相手が欲しがっている写本類を可能な限りあちこち問い合わせて探すこともしているわけなんだが、ただまあ、どんなにがんばっても、たいていは見つからないか、見つかっても手に入れるのは困難だったりする。――それがなぜか、このところ妙にツイていて、ひょんなところで偶然見つける確率が高かった。そして、そういう時は決まって、その依頼主が来店する前に君が来て、まっさきに商品を目にすることになっていた。だから、この何回かは、商品を手に入れた際には、依頼主より先に君の顔が浮かんだりして、『きっと、また彼に最初に披露することになるんだろうな』と考えるようになっていたよ。――ほら、実際、この前の客の時もそうだったし」

「へえ」

知らなかったユウリが、目を丸くして驚く。

たしかに、来るたびに状態のよい彩飾写本を見せてもらえたので、この店はとても仕入れがうまいと感心していたのだが、実はそういうわけでもなかったらしい。ユウリが来た時に限り、たまたまその手の本があったというだけのことのようだ。

ただし、それを本当にユウリの手柄にしていいかどうかは、また別の話である。少なくとも、ユウリ自身はそう思っていた。

だが、すっかりその気になっている店主が、本を擬人化して言う。

「彼らは、君に会いたくて、ここに来ていたのかもしれないなあ」

「まさか、そんな」

ユウリは、きっぱり否定する。

「僕は関係ないですよ。——それより、ここに目当ての本がやってくるのは、それを欲しがっている方の想いと、その方のために見つけてあげたいと手を尽くす貴方《あなた》の熱意のためだと思います」

「本当に、そう思うかい?」

「はい」

誉《ほ》められて嬉しかったらしく、店主はにっこり笑って「まあ」と告げた。

「これからも、遠慮せずに遊びにおいで」

「いいんですか？」

「もちろん。——君なら、万が一、うちの本がついていってしまっても、それはそれでしかたないと思えるよ」

「いや、それはないと思いますが、でも、ありがとうございます」

礼を述べたユウリは、晴れ晴れとした気分で店を出た。

もっとも、問題はこれからで、ユウリは、今後、鞄の中にある手書き写本のことをどうするべきか、悩みながら大学へと向かった。

4

正午過ぎ。

いつも仲間が集っている店に一番乗りしたユウリは、サンドウィッチとコーヒーを前に、問題の手書き写本をパラパラと開いた。

しっとりと手に馴染む触感は、やはり羊皮紙ならではといえよう。

さらに、独特の字体で書かれた文字列は美しく、余白に派手な彩飾こそないものの、字面を追うだけで十分堪能できる。

（これは、いったいなんなのだろう……）

ユウリは、考えるが、正直、まったくわからない。さほど稀覯本《きこうぼん》の類《たぐ》いに詳しいわけではなく、装丁が仔牛革《こうしがわ》かそうでないかを判別できるくらいで、それだって、必ずしも合っているとは限らず、言ってみれば当てずっぽうである。

革装丁のカバーにタイトルはなく、ただ、十字架のみが、小さく金で記されている。扉もなく、冒頭からいきなり飾り文字で文章が始まっていて、これは、かなり珍しい作りであると言えた。

中身を見る限り、どうやら使われている言語は中世ラテン語であるため、察するに、内容はキリスト教に関するものであるのだろう。表紙の十字架と合わせて考えても、少なくとも、「アーサー王物語群」のようなロマンス文学の類いでないのはたしかだ。

時禱書か。

でなければ、聖務日課書やミサ典書という可能性もある。

考えながら最後のページを開いたところで、ユウリはふと手を止めた。

そこに、おそらく内容とはまったく別のことであろう、筆者の覚え書きのようなものが記されていたからだ。

本文のバランスの取れた美しい字体と違うところが、また妙に味がある。

一字一句もれなく完了。
この善行により、わが魂を天へと召したまえ。
比類なきエフェルディノスのために。
ことあれかし。

（なんだか……）

ユウリは、字面を追いながら思う。

（とっても大変そう）

字間から書いた人の苦労がにじみ出ている。それと同時に、書写という仕事に対する情熱と誇りが、伝わってきた。

(きっと、書写するのが、好きだったんだろうなあ)

だが、そのすぐあとに続く文章を目にしたとたん、ユウリの表情に影が差す。

この労苦に対し狼藉《ろうぜき》を為《な》す者に、災いあれ。
汝《なんじ》、悔い改めるまで、災いは続く。

(……災いあれ、か)

つまりは、一種の呪《のろ》いである。

おそらく、人が苦労して書いたものに、悪戯《いたずら》なんかしちゃダメだぞ――ということが言いたいのだろうが、中世の人間は、警告の仕方が物騒《ぶっそう》だったようだ。それとも、それが常套句《じょうとうく》だったのか。

悩みながら改めて最初からパラパラとページを繰っていたユウリは、ある箇所で手を止め、ページを前後に動かした。

そのページは、一部が切り取られている。

この手の写本は、章の先頭の文字が拡大され、そこにさまざまな彩飾が施されることがよくあり、アルファベットの「A」や「D」などという文字が、動植物や幾何学的な紋様で飾られ、時に、そのそばに跪《ひざまず》く聖人の姿が描かれたりする。

切り取られてしまっているのは、その頭文字の部分であるらしい。

(切り取り――)

ユウリは、そのページを見ながら考え込む。

つい最近、同じような話を聞いた。

そんな偶然があるかとも思うが、この手書き写本を目に留める直前に、白い服の修道士の姿を見ているため、無視することもできない。

しかも、こんな覚え書きを発見したあとでは、なおさらだ。

切り取りという行為は、切り取られる側にしてみれば、明らかに「狼藉」であろう。つまりは、「災いあれ」という呪詛《じゅそ》の対象となりうる。

そこで、手書き写本の写真を何枚か撮り、ユウリはケンブリッジにいるセイヤーズにメールをする。違ったら、それまでのことである。

手書き写本を鞄にしまい、返信を待つ間に、授業を終えたらしいアーサー・オニールがやってきた。

「ユウリ」

「やあ、アーサー」

「珍しく、一番乗りか」

応じたユウリは、隣に腰をおろした若手俳優をそっと見あげる。

「まあね」

抜群のスタイルを持つオニールの本日の出で立《いでた》ちは、ジーンズにデザインTシャツ、その上にタータンチェックのシャツを合わせたもので、実に垢抜《あかぬ》けている。同じパブリックスクール出身ということで、昔から彼のことを知っているユウリからすれば、当時の制服姿でも十分恰好よかったが、最近は芸能人としてのオーラに磨きがかかっているようだ。

なかば見惚《みと》れつつ、ユウリが言う。

「週末の舞台、評判がよかったみたいだね。新聞で絶賛されているのを読んだよ」

「ありがとう」

ストローを口にくわえながら、オニールが訊く。

「ユウリも、近々、観に来てくれるんだろう？」

「もちろん。楽しみにしている」

そこへ、さらに、オニールの従兄妹《いとこ》で自身も劇団の看板女優であるユマ・コーエンと、見事な金髪とエメラルド色の瞳を持つエリザベス・グリーンが加わり、その場が一気に華やぐ。

そんな中、テーブルの上に置いてあったユウリの携帯電話が鳴り出し、慌てて取り上げたユウリは、電話に出ながら席を立つ。

「――もしもし？」

『あ、フォーダムですか。セイヤーズです』

どうやら先ほどのメールに、電話で返してくれたようである。

「ああ、セイヤーズ。忙しいだろうに、わざわざ、ごめん」

店の外に出て話し始めたユウリの前に、遅れてやってきたオスカーが立ち、ヒラヒラと手を振った。それに、手で挨拶《あいさつ》を返しつつ、ユウリは電話に集中する。

セイヤーズが、『それは、全然構いませんが……』と、どこか気遣わしげに応じた。

『それより、写真、見ましたよ。実物ではないので断言はできませんが、フィッシュボーンが持っていたものに似ています。……たぶんですが、同じではないかと』

「やっぱり……」

そうではないかと思ってメールをしたが、やはりそうだった。このタイミングでユウリの前に現れたのであれば、まあ当然、そういう流れになるのだろう。

そして、セイヤーズの懸念も、そこにある。

『でも、なぜ、フォーダムがその写真をお持ちなんですか？』

「それが……」

説明に困ったユウリが、続きを言《い》い淀《よど》む。

すると、日頃から聡《さと》く優秀な後輩が、あっさり真実を言い当てた。

『――まさか、その手書き写本を、貴方が持っているとか言いませんよね？』

とっさに、ユウリは「……いや」と言葉尻《ことばじり》を濁した。肯定したくはなかったが、かといって、否定するのは嘘になる。そして、簡単には嘘がつけないのが、ユウリという人間であった。

察したセイヤーズが、驚いたように肯定する。

『持っているんですね』

「……うん、まあ。そうだね」

『でも、どうしてそんなことになったんですか？』

「う〜ん、それは、いろいろと複雑な事情が」

ユウリは、セイヤーズに、自分が持っている霊能力のことをはっきりと告げたことはない。

ただ、パブリックスクール時代によく起こった不可思議な出来事の中心にユウリがいたことに気づかないほどセイヤーズは愚鈍ではないし、実際、セイヤーズ自身がオカルト的なトラブルに巻き込まれた時には、ユウリが、そのトラブルを肩代わりしたこともあるくらいで、何かしらの力があることは確信しているはずである。

もっとも、だからといって、事の仔細《しさい》をすべて語るわけにはいかず、ユウリは曖昧《あいまい》に誤《ご》魔化《まか》した。

「それより、この手書き写本をしばらく預かりたいんだけど、セイヤーズは、持ち主のフィッシュボーンと話をすることは、可能？」

『……ええ、まあ。彼の意識が戻ればの話ですけど』

声に懸念の色があるのは、手書き写本がどうこうというより、ユウリの身を案じてのことであるのだろうが、ユウリは気にせず続けた。

「それなら、意識が戻って話ができるようになったら、彼に伝えてくれるかな。――この手書き写本は僕が責任を持って管理するし、万が一、どうしても返せないような状況になった時には、そちらの言い値を支払うからと」

セイヤーズが、わずかに考えるような間を取ってから訊き返す。

『伝えるのは構いませんが、返せない状況というのは、その手書き写本に関連して、何か危険な状況に陥る可能性があるということですか？』

「どうだろう」

ユウリがうっかり中途半端な本音を漏らすと、電話の向こうのセイヤーズが怒ったように告げた。

『フォーダム。もし危険があるようなら――』

「あ、違うんだ、セイヤーズ」

あまり違わないが、ユウリは慌てて言い訳する。

「返せない状況というのは、僕がどうのというより、本来の持ち主に返す必要に迫られる可能性があるから、そうなった時にね」

するとと、ふたたびわずかな間を置いたあと、セイヤーズが意外そうに言った。

『……本来の持ち主がいるんですか？』

「そうだね。まだ可能性の段階だけど」

『つまり、もともとは盗品か何かだった――ということでしょうか？』

確認しつつ、セイヤーズは思い出したように『そういえば』と告げた。

『フィッシュボーンは、その手書き写本を、それこそ店主に言い値でいいと言われて、一ポンドで買ったと言っていました。ということは、フォーダムの推測どおり、正規の値段がつけられないようないわくつきのものであった可能性は、十分考えられます』

「……へえ、そうなんだ」

その話は知らなかったユウリであるが、聞いた瞬間、「さもありなん」と思う。

あの時、古書店でユウリの見た修道士が、なんらかの理由でこの手書き写本に取《と》り憑《つ》いているのだとしたら、これを店に置いている限り、さまざまな心霊現象に悩まされることになるはずだからだ。

そうなると、問題は、取り憑いている修道士が、写本や、それに関わる人間に何を望んでいるか――ということになってくる。

（それに）

ユウリは、一つの懸念を抱く。

さっき考えたように、フィッシュボーンの行為が「狼藉」とみなされ、「災い」が続くのだとしたら、彼の回復は、彼が反省し、手書き写本の状態を元に戻すまで望めないという可能性もあった。


この労苦に対し狼藉を為す者に、災いあれ。

汝、悔い改めるまで、災いは続く。


手書き写本にあった言葉を思い返しながら電話口で考え込んでいたユウリの耳に、セイヤーズの心配そうな声が響く。

『――フォーダム、聞いていますか？』

「あ、ごめん。なに？」

『ですから、何かあるようなら、こちらで適当に処分するので、やはり送り返していただくのがいいかと……』

「いや」

　ユウリは、静かに拒否する。

「それはそれでまずいと思うし、フィッシュボーンの容態も気になるから、ちょっとこっちで調べてみるよ。――心配せずとも、この手のことには慣れているし、相談できる相手も何人か知っているんだ」

　とたん、間髪を容《い》れずにセイヤーズが、期待とともにその名をあげる。

『ベルジュですか？』

　だが、霊的なことにシモンを巻き込みたくないユウリは、曖昧に答えた。

「まあ、その必要があれば、ね」

　それからしばらくしてユウリは電話を切り、途中になっていた食事をすませるために店内へと引き返した。

5

その夜。

ユウリは、夢を見た。

それが、どんな夢であったかは、よく覚えていない。

引《ひ》っ掻《か》くような小さな音がする静かな場所で、根をつめて何かをやっていたようにも思うのだが、どんなにがんばっても、はっきりした映像が蘇ることはなかった。

記憶が薄れているのだろう。

ただ、まどろむような静謐《せいひつ》の中で、時を過ごしていたような気がする。

そこにいることで、彼は倦《う》んでいて、同時に幸せでもあった。退屈しているのは間違いないが、でも、彼はその場を愛していたのだ。

来る日も、来る日も。

同じことを繰り返す日々——。

いつか訪れるはずの天国を夢見ながら、彼は、その日、その日を生きていた。

そんな日常に、ある時、影が差した。

繰り返される日々の中で、彼は何かを間違え、道を踏み外してしまったのだろう。

以来、彼に与えられるはずだった平安は遠のき、もの足りなさの中で放浪することになる。

果てることのない流離《りゅうり》。

彼を救ってくれる何かが現れるのを、ひたすら願いながら——。


そんな悲哀の中で、ユウリは目を覚ました。

暗い部屋。

最初はものの輪郭がまったく摑《つか》めなかったが、窓から射《さ》し込《こ》むわずかな月明かりのおかげで、次第に目が暗がりに慣れていく。

天井があり、電灯がさがっている。

さらに、首を巡らせれば、本棚や机などが影となって浮かび上がるが、そうしてゆっくりと動かしていったユウリの目の先に、何か異質なものが立っていた。

暗がりに、ぼんやりと浮かび上がる白い修道服。

ハッとして身構えたユウリであったが、修道士がその場にいたのはほんの一瞬で、ユウリが気づいたとたん、彼はスッと滑るように動いて扉の外へと消え去った。

残されたユウリは、ベッドの中でしばらく息をつめてジッとしていたが、そのまま寝てしまう気にはとうていならず、ややあって起き上がると、修道士がいたと思われるあたりまで歩いていった。

辿《たど》り着《つ》いたところであたりを見まわすと、すぐ近くのテーブルの上に、寝る前までユウリが見ていた例の手書き写本があった。さらに、その脇《わき》には、筆立てに入れておいたはずの万年筆が転がっている。

万年筆を取り上げて首を傾げたユウリは、空いているほうの手でサイドテーブルのライトを灯《とも》し、開いたままの手書き写本を覗き込む。

すると、オレンジ色の灯火に浮かび上がった書面には、余白に、寝る前まではなかったはずの文字が書かれているのが見えた。

（あれ？）

いつの間に――――。

不思議に思いながら、ユウリはラテン語で書かれている言葉を小さく声に出して読んでみる。

「えっと、『生来が単純で、知識に頓着《とんちゃく》しない』。『しかして、賢者諸氏はこぞって私の足跡を辿る』……？」

なんとも謎《なぞ》めいた、だがユーモアを感じさせる文章である。しかも、どことなく品格があるところからして、誰か、有名人の言葉なのかもしれない。

だが、もちろん、ユウリにわかるわけもなく、わかることといえば、これが、この手書き写本に憑いている修道士がユウリに残した、最初のメッセージだということだ。

「これは、やっぱり……」

見て見ぬふりはできないのだろうと思い、ユウリは、手書き写本を見おろしながら小さく溜め息をついた。

第三章　思わぬ遭遇

1

ケンブリッジ大学の医学部内にある総合病院。

水色と白の案内板の前を自転車で走り抜けたセイヤーズは、広々とした敷地《しきち》内の駐輪場に自転車を停《と》めると、ヘルメットを荷台にかけて歩き出す。慣れていないと迷子になりそうだが、何度か訪れたことのあるセイヤーズは、しっかりした足取りで目当ての病棟へと向かう。

青い手術着を着た医師。

ワゴンを押して病室を出てくる看護師。

病院は、まさに陰と陽の交錯《こうさく》する場である。

数年後には、自分もこの場所で研修を受けているかもしれないと思うと、セイヤーズはなんとも言えない心地がした。

そんなふわふわした状態で病室に着いた時、一瞬、中で白い人影が動いたように見え、てっきり看護師がいるのかと思って、「失礼します」と言いながら入ったのだが、驚いたことに、室内はガランとしていて人はいなかった。

(……気のせいか)

でなければ、おそらく、カーテンが何かのはずみで揺れたのだろう。

ちょっと嫌な印象であったが、幽霊の類《たぐ》いが大嫌いなセイヤーズは、強引にそう考えて気にしないことにする。それでなくても、ここ数日、誰かにつけられている気がして落ち着かないのだ。

窓際のベッドに横たわるフィッシュボーンは、眠っていた。

聞いたところでは、ケガはさほどひどくなかったのだが、打ち所が悪かったらしく、事故以来、目を覚まさないということだ。細い腕に繋《つな》がれた点滴からは、規則正しく液体が落ちていて、それがなんとも痛々しい。

静かだ。

廊下が何かと慌ただしいだけに、よけいにしんとした感じがする。

個室ではないのだが、現在、他に人はいないので、個室状態といっていいだろう。

しかも、フィッシュボーンに付添人はいないため、実質一人ぼっちだ。

そのせいか、なんとなく身の置き所がない感じがしつつ、折り畳み式の椅子《いす》を取り出したセイヤーズは、ベッドの脇《わき》に置いて腰かけた。

フィッシュボーンの実家は経済的に苦しく、息子の看病のためにわざわざケンブリッジまで出向くことはできないという事情があるため、学寮長の提案で、寮生たちが交代で、毎日、彼を見舞うことにしたのだ。

今日はセイヤーズの担当であったが、前に見舞いに訪れた寮生から暇を持て余すと聞いていたため、彼は、ここで授業の予習復習をしておこうと、必要な道具類を持ってきていた。

こうして見舞ったところで、フィッシュボーンは眠っているので、さしてやることはないのだが、だからと言って、放っておくのも忍びない。それに、もしかしたら、そうこうするうちにも、容態に変化があるかもしれなかった。

静かな室内でリュックから教科書とノートを取り出したセイヤーズは、ひとまず今日の講義の復習をするため、両者を突き合わせながら読み始める。

途中、付箋《ふせん》が必要となり、手にした本をいったんベッドの端に置くと、リュックの中を探ってペンケースを取り出し、さらに、そのペンケースの中に入っている付箋を取って、そのペンケースをサイドテーブルの上に置こうとした。

が、目測を誤って、ペンケースが床に滑り落ちてしまう。

た。

フウッと溜《た》め息《いき》をつき、拾いあげようと椅子の上で屈《かが》んだセイヤーズは、拾いあげたところで、目の端に、修道士が着るような白い服の裾《すそ》が見えた気がして、ガバッと顔をあげた。

だが、もちろん、室内に人はおらず、彼は我知らず身震いする。

（なんだ……？）

本当に、今のも気のせいなのか――。

半信半疑のうちに、改めてペンケースを置こうとしたセイヤーズであったが、ふとその手を止め、サイドテーブルの上を凝視する。

そこにあったものに、目が吸い寄せられたのだ。

おそらくフィッシュボーンのものであろうが、サイドテーブルの上には手帳が置いてあり、そこから彩飾の施されたアルファベットの切り抜きがはみ出ている。その切り抜きに、セイヤーズは見覚えがあった。以前、それを、フィッシュボーンが問題の手書き写本から切り取っているところを見ていたせいだ。

チラッと眠っているフィッシュボーンのほうを見たセイヤーズは、手を伸ばして、そっと四角い羊皮紙を取り上げる。

手書き写本から切り取られたアルファベットの彩飾文字。

しかも、その本体は、今、巡り巡ってユウリの手元にある。

（……修道士か）

彼としては、絶対に認めたくない。

だが、仮に、先ほど見えたように思ったものが修道士の幽霊だったとして、ここのところ、修道士の幽霊の目撃談が多すぎる。しかも、目撃された場所のほとんどは、フィッシュボーン――でなければ、この手書き写本に関連したもののそばだ。

それらのことを考え合わせれば、フィッシュボーンが巻き込まれた事故だって、必ずしも、ただ運が悪かっただけとはいえない可能性が出てくる。そのことは、キース・ダルトンが教えてくれた噂《うわさばなし》話からもいえた。

セイヤーズは、切り取られた彩飾文字からフィッシュボーンの顔に視線を移し、真剣に悩み始めた。

（もしかしたら、これがここにあるのは、まずいということか――？）

だからといって、何か手だてがあるわけではなかったが、しばし迷ったあと、彼はそれを自分の上着のポケットに滑り込ませ、相変わらず眠ったままのフィッシュボーンを見おろして呟《つぶや》いた。

「悪く思わないでくれ、フィッシュボーン。――こうすることは、たぶん、君のためでもあるんだ」

それから、セイヤーズはスマートフォンを取り出し、ユウリにメールを送った。

呑気《のんき》な元上級生のことであれば、しばらく返信はないだろうと思っていたのに、珍しくすぐに着信があり、画面をスライドさせて読んだ彼は、「うん、まあ、当然」と溜め息混じりにひとりごちる。

「そうくるだろうな……」

セイヤーズが、手書き写本から切り取られた断片を見つけたことをメールで知らせたのに対し、ユウリからの返信には、こうあった。

できたら、それをすぐに送ってほしい。
責任は持つから――。

セイヤーズ自身、そうなるだろうとわかっていたのに、いざ、予想どおりの返信がきたらきたで、やはり躊躇《ためら》わずにはいられない。

こんないわくありげなものを、あっさりユウリに渡してしまっていいものか。

昔からこの手のことには異様に頼りになる人間であったが、それも、シモン・ド・ベルジュという絶対的な守護者あってのことで、だからこそ、彼も多少安心して頼ってしまえたのだが、残念ながら、かの人は、現在、フランスという海を隔てた場所にいる。そして、学生の身でありながら多忙を極めるシモンに、ユウリがこの件を伝えているとは思えない。

となると、今、ユウリのそばにいる守り手は――。

（……あいつか）

セイヤーズは、エドモンド・オスカーの大人びた顔を思い浮かべて、げんなりと溜め息をついた。

オスカーにこの件を伝えるのははばかられたし、あまり借りを作って得意げな顔をされたくはなかったが、あれでも、事情を話して注意喚起さえしておけば、シモンにこそとうてい及ばなくとも、ちょっとした風防くらいにはなるだろう。

（なんか、ムカつくが……）

背に腹は代えられない。

そこで、もう一度スマートフォンを取り上げたセイヤーズは、フィッシュボーンの様子に変化がないのを確認し、一度部屋を出ていった。

一方。

病室を出てきたセイヤーズの後ろを、一人の青年が追いかけた。セイヤーズとさほど年の変わらない学生らしき青年だ。

ただ、帽子を目深にかぶり、少々周囲を気にしている様子が怪しげである。

青年は、待合室で電話し始めたセイヤーズの近くまで歩いていくと、雑誌を手にしてそばに座った。

セイヤーズが話しながら無意識に身体《からだ》をずらして別の方角を向いたが、そのまま話し続けたため、わずかだが内容を聞くことができる。

「――そう。だから、フォーダムの様子をそれとなく注意して見ておいてくれと言っているんだ。――え。いや、何度も言わせるなよ。理由は、今話せない。――ふざけるな。子供か！」

電話口で冷たく言ったセイヤーズが、「だったら」と駆け引きする。

「ユマ経由でオニールにお願いしてみるが、それでいいんだな？」

それに対し、ようやく相手が妥協したようだ。

「そうだよ。僕は最初からそう言っているのに、お前が――、ああ、はいはい、わかったから、とにかく頼んだぞ。……それについては、今はまだなんとも。――そう。知っていると思うが、フォーダムはあれで言い出したらけっこう頑固《がんこ》だから。……笑い事ではないだろう。――ああ。そういうこと。――うん、また連絡する」

しばらくして電話を切ったセイヤーズは、一瞬、脇にいる青年に視線を流したが、特に何を気にした素振りもなく、フィッシュボーンの病室へと戻っていった。

それを見送り、しばし考え込んでいた様子の青年は、結局、あとを追うことなく、読んでいた雑誌を置いて立ちあがると、セイヤーズが去っていったのとは逆の方向へと歩き去った。

2

翌日。

午後の授業を終えて帰ろうとしたユウリが、念のため、携帯電話を取り出してあれこれチェックすると、珍しくオスカーからメールが入っていた。

ユウリが、メル友的な付き合いをいっさいしないのを知っている友人たちは、特に用がなければメールをしてこないし、してきたところで、さして返信を必要としない報告だったりする。

特に、大学でほぼ毎日顔を合わせるオスカーは、よほどのことがなければメールなどよこさない。

よこすとすれば、他のメンバーには聞かれたくない話をする時くらいだろう。

メールは短く、要点のみが記されている。

曰《いわ》く。

話があるので、このあと、会えませんか。オスカー。

着信時間からさほど経《た》っていないので、ユウリはすぐさま返信する。

いいよ。今授業が終わって帰るところだから、大英図書館のカフェにいる。

すると、ものの一分もしないうちに「了解」の返信があり、彼らは、急遽《きゅうきょ》、お茶をすることになった。

ふいな待ち合わせ場所として、大英図書館のカフェは便利でわかりやすく、ユウリはけっこうな頻度で使う。しかも、今いる場所からなら歩いていけるため、なおさら使い勝手がいい。

歩き出したユウリは、オスカーの用事について考えてみた。

年下とはいえ、ユウリよりずっとしっかりしているオスカーが、ユウリに授業や将来の仕事について相談してくるとは思えないし、精神的ケアが必要とも思えない。まして女性関係の相談事など、絶対にありえなかった。

あるとしたら、それは――。

（セイヤーズか……）

このタイミングで、オスカーからの内密の話となると、その可能性は大いにある。セイヤーズ経由で、今現在、ユウリが関わっていることの情報が漏れたということだ。

ただ、それについて何を訊《き》かれたところで、ユウリに答えられることはなく、あまり有意義な会合になるとは思えない。

それでも、ユウリがひとまずオスカーと会うことにしたのは、これがただのお茶になったところで、別段、困る相手ではないからだ。

セント・パンクラス駅に隣接する大英図書館のカフェスペースは、駅に近いことから平日でもかなり混み合っていて、セルフサービスを導入した簡易な空間には、物見遊山的な観光客より、むしろ図書館を利用する教授や研究生など、知的探究心の強そうな人々の割合が多い。

ユウリが着いた時、すでにそこにはオスカーがいて、テーブル席の一つに座って待っていた。

その席からは、透明なガラスに覆われた巨大な王立文庫のタワーが眺められる。ジョージ三世の蔵書で作られたこのタワーは圧巻で、中には非常に貴重なコレクションが含まれているという。

「フォーダム」

「やあ、オスカー」

昼間に一度会っているため、久しぶりという感覚は当然なく、ユウリはコーヒーとケーキの載ったトレイを持って、オスカーの前の席に滑り込んだ。その際、時間が見やすいよ

うにと、手にしていた携帯電話をしまわず、テーブルの上に置く。

そんなユウリのやることを落ち着いた目で眺めていたオスカーが、頃合いを見計らって
「すみません」と謝った。

「急に呼び出したりして」

「いいけど、どうかした？」

「……ええ、まあ、どうかというか」

そこは、歯切れ悪く応じたオスカーが、わずかな間を置いて訊き返した。

「そういうフォーダムこそ、どうもしていませんか？」

「僕？」

自分を指で示したあと、ユウリは「ああ、なるほど」と頷《うなず》いて応じる。

「やっぱり、セイヤーズから何か聞いたんだね？」

「そうですね」

あっさり認めたオスカーが、テーブルの上に置いてある自分のスマートフォンの画面を指先でスライドさせながら続ける。

「もっとも、あいつはケチで情報の出し惜しみをするから、実際、聞いたというほど聞いたわけではありませんが、ちょっと気になって」

「……ふうん」

オスカーの話は、何かを語っているようでまったく語っていない。つまり、今の会話は、ユウリから話を引き出すための撒き餌《まえ》といえよう。この調子だと、セイヤーズはオスカーに、手書き写本の存在すら話していない可能性がある。

ユウリが「それなら」と訊く。

「オスカーは、何を知りたいわけ?」

「そりゃ、全部と言いたいところですが、それが無理なら、せめて、どんな危険があるかだけでも教えといてもらえると、こっちもそれなりの対処ができますから」

「……危険」

ユウリは吟味するようにその言葉を繰り返し、顔をあげてオスカーを見すえる。

「つまり、セイヤーズは、君に、僕に危険が及ぶと言った?」

「――いや」

オスカーが、少し考えてから否定した。

「そうは言いませんでしたが、『かもしれない』という可能性の範囲内で、俺に、貴方《あなた》の身辺に気を配るように言ってきたんですよ。――でも、詳しい話はいっさいしないもんだから、俺としては、何にどう気をつけたらいいかがわからず、いっそのこと、フォーダムに直接話を聞いてみようと」

「ああ、そういうことか」

ユウリは、ようやく理解した。

セイヤーズには事を大げさにする気はさらさらないが、かといって、万が一何か起きた場合、遠くにいる自分には何もできないため、保険として、分身のような存在であるオスカーに事前に知らせ、対処させようとしたのだろう。

ただ、あくまでも「万が一」でしかないため、詳しい事情を話す気にはならなかったというところか。

だが、いくらなんでも、さすがにそれは無理がある。この場合、明らかにオスカーのほうに軍配があがりそうだ。

苦笑したユウリは、どうしたものかと考える。

こうなった以上、ある程度のことを話してやらない限り、オスカーは納得しないだろうし、彼に話したところで、何がどうなるわけでもない。しかも、オスカーは、セイヤーズと違い、ユウリの霊能力のことを知っている。

悩んだ末、ユウリが口を開こうとした時だ。

テーブルの上に置いてあったオスカーのスマートフォンが電話の着信を知らせ、彼はユウリのほうに「待ってください」と言うように片手をあげつつ、表示内容を上から覗《のぞ》き込《こ》む。

ほぼ同時に、ユウリの携帯電話もメールの着信を知らせた。

ユウリが携帯電話を取り上げる前で、オスカーの表情が不審なものに変わり、首を傾《かし》げながらスマートフォンを取り上げて電話に出る。

「――はい？」

短く応答した声にも不信感が溢《あふ》れていて、いったい誰からの電話かと、自分の携帯電話を触りながらユウリが心配そうに見守る。

「ええ、そうですが。――コレクトコール？」

オスカーの声音が意外そうなものになり、さらに驚いたようにその名前を繰り返した。

「セイヤーズから？」

一緒に目を丸くしたユウリと視線を合わせつつ、オスカーが告げる。

「ああ、はい、繋いでください」

電話が繋がるのに少し間が空いたところで、自分の携帯電話を改めて覗いたユウリが、「あれ？」と小さく声をあげる。だが、セイヤーズと電話が繋がったらしいオスカーの「もしもし？」という声で、ふたたび顔をあげて様子を窺《うかが》った。

「バカ。『やあ』じゃないだろう。コレクトコールなんて、何があったんだ。もし、ただの悪戯《いたずら》なら――」

怒った声でまくし立てていた声がピタリと止まり、オスカーがスマートフォンをギュッと握りしめる。

「——なんだって？」

その声には驚愕《きょうがく》と懸念の両方が込められていて、続く言葉を聞いたユウリも、生きた心地がしなくなる。

「襲われたって、いったい誰に——」

3

同じ日の午前中。

ロンドンから数十マイル離れたケンブリッジで朝一番の授業を終え、次の講義が始まる午後まで時間が空いていたセイヤーズは、いったん寮の部屋に戻ることにして、中庭の小道を歩き出した。

緑の芝生が、目にまばゆい。

このところ、気候がよく、実にお散歩日和である。

時間があれば、このまま近くの街までサイクリングしたいところだが、医学部の彼にそんな暇はない。こんなに美しい場所で学んでいるのに、おそらく、彼がこのあたりの景観を楽しむことは、かなり先までないだろう。

もちろん、今も、部屋に戻って次の講義の予習だ。

校舎の壁をアーチ形にくり貫《ぬ》いて造った通路に入り、そこに面した狭い入り口をくぐって暗く古い階段をぎしぎしと音をさせながらのぼっていく。

途中にいくつもドアがあって、そのすべてが寮生の部屋となっている。

夕方以降であれば、ほとんどの学生が戻っているため、いつもガチャガチャとうるさい印象があるのだが、授業のある日中は妙に静かだった。

自分の足音が響くのをおもしろく思いながら階段をのぼり終えたセイヤーズは、突如、目に飛び込んできた光景を見て、驚いた。

そこは、寮生なら誰でも使えるちょっとしたラウンジになっていて、ふだんから何かとものであふれ返っているのだが、今はまさに、嵐《あらし》の去ったあとのようにすべてがグチャグチャにひっくり返されていたからだ。

これはもう、片づけがなっていないとかいう問題ではない。

混沌《カオス》だ。

明らかに、誰かが、何かの目的で乱暴に引《ひ》っ掻《か》き回《まわ》したあとである。

(まさか、泥棒——?)

だが、さすがに天下のケンブリッジ大学の学寮であれば、建物は古くとも、警備は厳重で、守衛の前を通らなければ中に入ることはできない。いくつか抜け道のようなものがないわけではなかったが、それだって、内部の手引きがなければ、使いこなすことができないはずだ。

つまり、守衛の目を誤魔化して入れるのは、寮生かその友人くらいのものである。

(でも、誰がこんなこと……)

考えながら、まずは自分の部屋の状態を調べようと、セイヤーズはドアをあけて中に入った。

次の瞬間。

ゴンッと。

後頭部に衝撃が走り、彼はその場に倒れ込む。

薄れゆく意識の中で、彼の顔の前を小汚いスポーツシューズがよぎる。それから、服のポケットを探られたところまでは覚えていたが、その後の記憶はまったくない。

次に気がついた時、彼は救護室にいて、担当医の手当てを受けていた。

目を覚ました彼のところに、寮監や守衛、さらに警察の人間が入れ替わり立ち替わりやってきて、いろいろな質問をする。

だが、彼に答えられることはあまりなく、逆にいくつか質問した結果、やはり、泥棒が入り、居合わせたセイヤーズが襲われたということらしい。腕時計やアクセサリーなど金目のものがいくつか盗まれたということであったが、幸い、他に大きな被害はなかったようだ。

被害届を出すのに紛失物を訊かれたため、担当医の了解を取ってから部屋に戻ったセイヤーズは、あちこち確認したあとで、スマートフォンがなくなっていることに気づく。

一緒にいた警察官に言うと、彼は書類に書き込んだあとで確認した。

「――財布は？」

「ありますが、さすがに、現金はなくなっていますね」

報告したセイヤーズに、警察官が同情的に言った。

「それは、気の毒に」

「そうですね」

同調はしたが、実際、盗られた金額はたいしたものではなく、手つかずの金庫には、まだ十分な現金が残っているため、さしたる痛手ではない。

それより、問題なのは、スマートフォンだろう。

暗証番号を打ち込むのが面倒くさいため、最近は指紋認証にしていたのだが、それがあだになったかもしれない。意識を失っている彼の手から指紋を拝借するのは、実に簡単なことである。

ふだん、落とした時の対策は取っていても、こんな風に襲われることまでは想定していなかったため、完全に無防備になっている。もっとも、だからといって、それで買い物ができるわけではないので、正直、スマートフォンが持ち去られた意味が、今一つわからない。

（犯人は、どうして、僕のスマホを持ち去ったのだろう）

たしかに、売れば、それなりの金にはなるだろうが、本当にそのためだけに持ち去ったのか。しかも、一秒でも早くその場から立ち去りたいはずの時に、わざわざセイヤーズの服を探ってまで盗っていった。

そこには、なにか、金品を奪うこと以外の意図もあったのではないか――？

（……なんだろう）

なにかがしっくりとこないセイヤーズは、警察の事情聴取から解放されたところで、近くにたむろしていた学生に声をかけ、訊いてみる。

「なあ、結局、いちばん荒らされていたのは、誰の部屋だったんだ？」

「さあ」

一人は首を傾げたが、別の学生が「あ、俺」と若干得意げに教えてくれる。

「さっき、警察官が寮監と話しているのを聞いたんだけど、今回、いちばん被害がひどかったのは、フィッシュボーンと、あと君の部屋だったらしいよ」

「――フィッシュボーンと僕」

そう聞いた瞬間、セイヤーズは何かが腹に落ちた。

このタイミングで起きた泥棒騒ぎは、おそらくただの金品目当ての犯行ではなく、裏に別の意図が隠されている。

あの手書き写本だ。

犯人は、なんらかの方法で、フィッシュボーンが手に入れた手書き写本が、セイヤーズの関係者に渡ったと知ったらしい。可能性としていちばん高いのは、手書き写本についてユウリと電話で話していた時に聞かれたということだろう。

たまたまか。

あとをつけられでもしたか。

そういえば、ここのところ誰かに尾行されているように感じていたのも、あながち間違ってはいなかったのかもしれない。

だが、そうなると、ユウリにも、この危険を早急に知らせる必要がある。

そこで、ユウリに連絡を取ろうと、いつもの癖でとっさにポケットを探ってしまったセイヤーズは、当然、目当てのものがないことに気づき、おのれの愚かさをあげつらうように小さく苦笑する。

(だよな)

わかっていてやってしまうのだから、習慣というのはオソロシイ。

では、どうするか。

考え、すぐに踵《きびす》を返して守衛室へと向かう。

(こういう場合……)

そこには、昔から使われている旧式の電話があり、手続きをすれば、誰でも自由に使わせてもらえる。

日々便利になる世の中だが、その便利さに胡坐《あぐら》をかいたら、ただただ、自分たちが無能になるばかりだ。それがわかっている彼は、便利な機器を使いこなしつつ、それらがなくても物事に対処できる最低限の手段を常に確保していた。

　そこで、守衛に言って電話を使う許可をもらうと、彼は、空で覚えている電話番号に電話をかけた。その際、コレクトコールにしたのは、さすがにとっさのことで、小銭の持ち合わせがなかったためである。

　市外局番でコレクトコールを頼むと、しばらく待たされたあと、目当ての相手が電話に出た。

『もしもし？』

「やあ、オスカー」

　とたん、電話の向こうでオスカーががなり立てる。

『バカ。「やあ」じゃないだろう。コレクトコールなんて、何があったんだ。もし、ただの悪戯なら』

　だが、相手の突っ込みを悠長に聞いている余裕のなかったセイヤーズが「いいから」と話を遮る。

「黙って話を聞け。──実は、ちょっと襲われて」

『──なんだって？』

　案の定、驚いたようにオスカーが訊く。

『襲われたって、いったい誰に——』

その声と前後するように、電話の向こうで涼やかな声が何か言うのが聞こえた。

気づいたセイヤーズがたしかめる。

「——もしかして、フォーダムが一緒か？」

『ああ』

短く応じたオスカーが、焦《じ》れたように続ける。

『そんなことより、誰に襲われたんだ？』

「誰とは具体的に言えないけど、窃盗犯と鉢合わせたんだ。それで、殴られて、気を失っている隙《すき》にスマホを盗られた」

『スマホをね』

だから、コレクトコールだったのかと納得したらしいオスカーが、『で？』と尋ねる。

『なんで、こっちに電話をしてきた？』

「それは——」

言いかけたセイヤーズは、ふと思い立って、「ああ、それより」と言う。

「フォーダムがそこにいるなら、直接話すよ。替わってくれないか？」

『——別にいいが』

まったくよさげでない口調のオスカーが、スマートフォンを手放す前に一言告げた。

『つまり、お前の懸念どおり、フォーダムにも同様の危険が及ぶとみなしていいんだな？』

「わからない」

『わからないじゃ、すまないだろう』

「わかっているよ。──だから、フォーダムに替わってくれ」

そこで、ようやく相手が替わり、耳元で涼やかな声が響いた。

『──もしもし、セイヤーズ？』

「ああ、フォーダム」

『よくわからないんだけど、君、大丈夫なのかい？』

実は、まだ少し後頭部がズキズキしているのだが、ユウリの声を聞いただけで傷が癒《い》やされていくようだった。

「ええ、大丈夫です。──ただ、もしかしたら、あの手書き写本を持っているのは、思っていた以上に危険かもしれないので、やはり、僕のほうで預かろうかと」

『……そう』

どこか他人事《ひとごと》のように相槌《あいづち》を打ったユウリが、ややあって、全然違うことを訊いた。

『まあ、それはそれとして、先に確認するけど、セイヤーズ、僕にメールをくれた？』

「え、──いいえ」

不審げに答えたセイヤーズが、「なにせ」と続ける。

「スマホは盗られてしまったので」

『ああ、そうなんだ』

ユウリが納得し、『それなら』と意外な疑問を口にする。

『僕のところに来たばかりの君からのメールは、いったい誰がよこしたんだろう？』

「メール？」

『そう。つい今しがた、届いたんだ』

「それ、本当に僕からですか？」

『うん。「セイヤーズ」と表示されている。――ちなみに、手書き写本のことで話がある
そうだけど、君ではないんだね？』

「ええ、手書き写本なんて――、あっ」

答えていたセイヤーズがハッとするのと同時に、電話の向こうでオスカーが何か言って
いる声が聞こえた。

おそらく、セイヤーズが、今思いついたのと同じことが言いたいのだろう。

「まさか、それ、犯人からじゃ……」

『かもしれないね。――オスカーも、横でそう言っているし』

そこで、少し考えたセイヤーズが、今までとは打って変わって好戦的な声になり、ユウ

リに告げる。

「――すみませんが、フォーダム、オスカーに替わってもらえますか？」

その声にたぎる闘争心。

ふだんはもの静かで優等生らしいセイヤーズであるが、これであんがい負けず嫌いで、時にオスカーなどより過激だったりする。

そのことを知っているユウリが、心配そうに訊き返した。

『いいけど、君、何を考えているわけ？』

それに対し、薄緑色の瞳《ひとみ》をキラリと光らせたセイヤーズが、「もちろん」と応じる。

「犯人を罠《わな》にかけて、捕まえるんですよ」

『え？』

驚いたユウリが、慌てて止めた。

『ダメだよ、そんな危ないこと』

だが、セイヤーズは冷静に事態を分析している。

「大丈夫です。僕が思うに、犯人はケンブリッジの学生で、たぶん、この手のことには不慣れなはずです。――ただ、相手と連絡を取り合うには、スマホがない今、第三者の協力が不可欠なので」

『それなら、僕が――』

言いかけたユウリの声が遠ざかり、ふいにオスカーが電話口に出た。たぶん、ユウリから強引にスマートフォンを奪ったのだろう。

元上級生で、今も先輩という立場にある相手に対する態度とは思えず、そのあたり、自分はそれくらいユウリと仲がいいと主張しているようで少々気に食わなかったが、今はそんなことで揉《も》めている場合ではない。

事実、オスカーは、セイヤーズが何か言う前に、頼もしい一言をくれた。以心伝心とは、まさにこのことだ。

『その話、乗った』

「……いいのか?」

『もちろん。——自分が、いったい誰に喧嘩《けんか》を売ったのか、この犯人によくわからせてやるぞ』

4

翌日。

今度は、例の手書き写本の調査のため、一人、大英図書館を訪れていたユウリは、昨日と同じカフェでお茶をしながら、ぼんやり考えていた。

（あの二人、本当に大丈夫だろうか……）

あのあと、オスカーに事情を説明すると、彼はセイヤーズとの打ち合わせどおり、ユウリの携帯電話から犯人と思《おぼ》しき相手に返信した。

その際、アカウントの調子が悪いことを理由に、別のアドレスにメールを送るよう指示し、彼が、その場で登録した某検索エンジンの無料アドレスを伝えるという徹底ぶりである。というのも、ふだん使用しているアドレスだと、当然、セイヤーズのスマートフォンには、オスカーの名前が表示されてしまうからだ。

それが功を奏し、特に疑われた様子もなく向こうから指定したアドレスに連絡が入ったところで、週末、どこで会うかをやり取りした。

結果、ロンドンに出てくると主張した相手の言い分を覆《くつがえ》し、忙しいのはわかっているから、こっちから出向くと言って、待ち合わせの場所をケンブリッジにする。そうすることで、本当に忙しいセイヤーズが、こっちに出てくる手間を省いてやったのだ。

向こうも、怪しまれないようにするためだろう、すんなりその提案を呑《の》んだ。

そうしたやり取りの間じゅう、オスカーはどこか楽しげで、最近こそおとなしくしていたものの、元来はアウトロー的な資質の持ち主であることを思い出させた。

考えてみれば、昔から、そんなオスカーをたしなめつつ、どこか上手にけしかけるようなところがセイヤーズにはあり、そういう二人だからこそ、シモンやオニールなど、近年にない花形スターが一気にいなくなり、虚脱状態に陥った彼らの母校を、見事に立て直せたのだろう。

ある意味、最強のコンビだ。

ただ、だからといって、あまり無茶なことをされても困るとユウリは懸念したが、なんとか思《おも》い留《とど》まらせようとしたユウリに対し、オスカーはちゃっかり痛いところをついてきた。

「そんなに心配しなくても、大丈夫ですよ、フォーダム。少なくとも、俺もあいつも、貴方ほど無謀ではないので——」

それを言われてしまえば、なんとも返しようがない。

言葉につまったユウリを見おろし、オスカーはさらに言った。

「それより、フォーダムこそ、そんな怪しげな手書き写本なんて抱え込んで、どうするつもりなんですか?」

その裏には、「人のことを心配する前に、自分の心配をしてくれ」という彼なりの配慮が含まれていることは、「いっそのこと」と続いた言葉でもわかる。

「そんなものはうっちゃってしまって、俺たちに任せませんか?」

だが、それでは何も解決しないことはわかっているので、その申し出は断るしかなかった。

そこでユウリは、先輩としての意地を見せるため、一念発起して、本格的に手書き写本について調べ始めたのだが、正直、さっぱりわからない。笑ってしまうほどわからず、途方に暮れている。

これが、いつ頃、どこで書かれたもので、書いた人間が後世にどんな愁いを残しているのかが知りたいのに、まず、この手書き写本について何から調べたらいいのか、それすらわからないのだ。

(う~ん、どうしよう)

いっそのこと、今度、あの修道士が現れたら、直談判《じかだんぱん》でもしてみるか。

もちろん、答えてくれるとは限らないが、ユウリには、そっちのほうが断然近道である気がした。

(そういえば……)

すでに、あの修道士がヒントのようなものをくれていたのを思い出し、ユウリは、テーブルの上にあった写本をパラパラとめくって、先日の夜、ユウリの万年筆を使って書かれたと思しき走り書きの文章を探した。

「……なんだっけ」

小さく呟いたユウリは、目当てのものを見つけ、「ああ、あった、これこれ」とひとりごちる。

「……えっと」

こんな場所で読みあげるのもなんだったので、ひとまず字面を目で追う。


生来が単純で、知識に頓着《とんちゃく》しない。

しかして、賢者諸氏はこぞって私の足跡を辿《たど》る。


やはり、わからない。

「そうだよなあ」

読み返してみたって、これがヒントなのかどうか、それすらも定かでないのだから、もうお手上げだ。

「う〜ん、本当にどうしよう」

今度は声に出して嘆いていると、いきなり頭上でバカにしたような声がした。

「お前は、さっきから何を一人で、ぶつぶつ、ぶつぶつ、呟いているんだ。——まさか、天使とおしゃべりしているとか、言わないだろうな？」

「——え？」

驚いて見あげた先に、天使ならぬ、悪魔のような全身黒ずくめの男が立っていた。

長身瘦軀《そうく》。

長めの青黒髪を首の後ろで無造作に結わき、底光りする青灰色の瞳でおもしろそうにユウリを見おろしている。

コリン・アシュレイ。

ユウリたちが在籍していたパブリックスクールで一つ上だった彼は、まさに悪魔のように頭が切れ、変わり者の烙印《らくいん》を押されつつも、そのカリスマ性から密《ひそ》かに崇拝者があとを断たない人物だ。

また、オカルトに造詣《ぞうけい》が深く、孤高の天才としてこの男が唯一退屈しないでいられるのが、世にいう「超常現象」の類いであるため、ことあるごとに、ユウリが持つ破格の能力をおのれの楽しみに利用しようとする。

現在は、学ぶことがないという理由で大学にも行かず、好き勝手に暮らしているはずだが、その彼が、なぜここにいるのかがさっぱりわからない。

意外な人物の登場に、ユウリがびっくりしてその名前を呼ぶ。

「アシュレイ。こんなところで何をしているんですか？」

「だから、それは、こっちの台詞《せりふ》だ。お前こそ、こんな場所で、そんな古い本を後生大事に抱え込んで、何をぶつぶつ呟いているって？」

「ああっと、それは――」

ユウリは、テーブルの上に広げた手書き写本をチラッと見おろし、迷った。

アシュレイにこれまでの経緯を話せば、きっとこの件に興味を持つ。しかも、アシュレイなら、この手の古書の扱いには慣れていて、あっという間にユウリの知りたいことを教えてくれるだろう。

ただ、その代償は、高い。

そして、往々にして危険を伴う。

もっとも、今回の場合、アシュレイのほうから持ち込まれた話ではないので、危険という意味では、ユウリの予測する範囲内にとどまるはずだ。

悩みに悩んだ末、ユウリは、ひとまず訊いてみる。

「理由はいろいろあるんですが、まず、文言です」

「文言？」

「はい。僕にはさっぱり意味がわからなくて、たぶん戯《ざ》れ歌《うた》みたいなものだと思うんです

が、えっと……」

　そこでユウリは写本を見おろし、該当の文言を口にする。

「『生来が単純で、知識に頓着しない。しかして、賢者諸氏はこぞって私の足跡を辿る』というものなんですけど」

　もちろん、さすがのアシュレイだって、こんなことをいきなり言われてもわかるわけがない。そう思って、正直、さして期待してはいなかったのだが、軽く片眉《かたまゆ》をあげたアシュレイは、あっさり答えた。

「羽根ペンだな」

「羽根ペン？」

「ああ」

「羽根ペンって？」

「だから、今のなぞなぞの答えだよ」

「――なぞなぞ」

　繰り返したユウリが、確認する。

「え、今の、なぞなぞなんですか？」

　それすらも知らなかったユウリに対し、アシュレイが説明を付け足した。

「聖アルドヘルムの『なぞなぞ』だ。――より正確に言うなら、『ノーサンブリア王アルドフリスへの書簡、なぞなぞの書』に書かれたうちの一つで、しかも一部だ。本物は、もう少し長い」

説明の途中からユウリの前に座り込み、そこに広げられた手書き写本に手を伸ばすアシュレイの顔を、ユウリは穴が開くほど見つめる。

本当に、この男は人間なのだろうか。

「……すごい」

「何が？」

「やっぱり、アシュレイって、天才なんですね」

思わず漏れた賞賛の言葉に対し、アシュレイが眉をひそめて鬱陶《うっとう》しそうに言い返した。

「それを言うなら、お前こそすごいだろう。こんなところで、そんなつまらないことで悩んでいられるとは、ヒマすぎるにもほどがある。お前の脳味噌《のうみそ》は、食ったら、さぞかし健康にいいんだろうな」

怖いことをさらりと言われ、ユウリはとっさに身体を引いて身構える。

「美味《おい》しくないですよ」

「誰も、うまいとは言っていない。健康にいいと言ったんだ。なにせ、健康志向の世の中は、発酵食品ブームだ」

「発酵食品……？」

「つまり、腐っているってことだよ」

「——ああ」

究極の悪口を遠回しに言われたようだ。だが、理解するまでに時間がかかると、悪口も妙に納得してしまって、心に響かない。

それが伝わったらしく、アシュレイがさらに言う。

「心は、錆《さ》びついた鐘だな」

「——打っても、響かない？」

「そうだ」

今度は即座に理解したため、ユウリはげんなりと応じる。

「ひどい」

「それで？」

ユウリのことなどお構いなしに、アシュレイが尋ねる。

「羽根ペンが、どうしたって？」

「知りません」

「は？」

「だから、僕は知りま——」

同じことを言いかけるが、その瞬間、アシュレイの底光りする青灰色の瞳が剣呑《けんのん》に細められたため、ユウリが慌てて「せん、けど」と説明する。

「その手書き写本に修道士の霊が取《と》り憑《つ》いていて、彼が主張してきたんです」

「羽根ペンをくれって？」

「……いや」

否定したユウリだったが、そこで首を傾げ、「あれ？」と呟く。

「もしかして、そうなのかな？」

そのなんとも言えない間の抜けた様子に小さく白目をむいたアシュレイが、手書き写本を指でトントンと叩《たた》いて催促した。

「だから、空っぽの脳味噌をカラカラ鳴らしてないで、最初からきちんと説明してみろ」

「ああ、はい」

そこで、ユウリは、ケンブリッジに出向いた時に耳にした話と、その後、その手書き写本を持っていた学生が事故に遭った事実、さらに、ユウリがロンドンの古書店で経験したことなどを、順を追って話していく。

聞き終わったアシュレイが、「なるほど」と応じた。

「つまり、お前は、その手書き写本に書かれた文言のせいで、実際に、写本から彩飾文字を切り取った学生が事故に遭ったのではないかと考えたわけだ」

「そうです。――だって、『災いあれ』って、まさに呪《のろ》いの言葉じゃないですか」

「そうだが」

アシュレイは、あまり同調できない様子で手書き写本のページをめくる。

「そうは言っても、この手の手書き写本には、たいていこんな感じの呪詛《じゅそ》が書かれているものだからな。それがいちいち呪いを発していたら、世の中、大変なことになる」

「そうなんですか？」

「ああ。手書き写本の時代、その労力たるやいかばかりか、という点で考えれば、これくらいの警告を発したくなるのもわからなくはないし」

「労力ねえ」

あまり実感が湧《わ》いていないユウリに対し、アシュレイが、「言っておくが」と念を押す。

「いつでもそのへんに白紙の紙が溢れていて、インクの入ったペンで、二十四時間いつでも好きな時に書記ができるのとは訳が違うからな」

「え、どう違うんです？」

「まず、高価で手間のかかる羊皮紙を手に入れるのが大変だったし、筆だって、羽根ペンを削るところから始めなければならない。――いや、へたをしたら、鵞鳥《がちょう》の羽根をむしるところからやる必要があるかもしれないな。インクだって、そのへんに転がっているわけではなく、塗料を作るところからやる必要があるわけで、それだけの手間がかかるわりに、作業ができるのは陽《ひ》のあるうちだけと限られている」

「ああ、そうか。当時は、電気なんて便利なもの、ありませんもんね」

「当たり前だ」

勉強するためには、まず紙をすくことから始めて、鉛筆を削って……なんて工程を経なければならないと思うと、勉強への意欲も半減しそうだ。

聞いているだけでくらくらしてきたユウリが、額を押さえて同情した。

「たしかに、とんでもなく重労働ですね。そんな苦労の末に書き上げたら、それは、警告の一つもしたくなるかも」

手書き写本を置き、飲みかけだったユウリのコーヒーに手を伸ばしたアシュレイが、勝手にそれを飲みながら言う。

「そう。彼らにとって、巻末などに記す呪いのような文言は、呪いではなく、自分たちの労働に対する正当な評価を主張しているに過ぎないんだ」

「そうか。それなら、あの文言にあまり意味はなく、フィッシュボーンの事故は、やはりただの不運に過ぎないということでしょうか？」

「いや」

手書き写本に書かれた文言は呪いではないと言いつつ、いざ、ユウリが確認すると、アシュレイはそれまでとは反対の見解を述べた。

「必ずしも、そうとは言えないだろう」

「え、でも、今……」

「俺は、別に、手書き写本の文言とそいつの事故がまったく無関係だと言ったわけではない。たしかに、通常、この手の警告文はただの警告文に過ぎないものだが、可能性の一つとして、警告文に過ぎなかった文言を、呪いの発動する呪詛《スペル》に変えてしまう何かが、この手書き写本に秘められている可能性は、十分に残っている」

「警告文に過ぎなかった文言を、呪いの発動する呪詛に変えてしまう何か……」

噛《か》み砕《くだ》くようにゆっくりと繰り返したユウリが、ややあって訊き返す。

「たとえば？」

「それは、調べてみないことにはなんともいえないが、書かれた状況や、道具類、書いた人間なんかが鍵《かぎ》になるだろう」

と、その時。

時計代わりにテーブルの上に置いてあったユウリの携帯電話が電話の着信を知らせ、無意識に発信者の表示を覗き込んだユウリが、「あ」と声をあげ、慌てて電話に出た。

「――シモン⁉」

『やあ、ユウリ』

電話口から流れてきた高雅な声音に、ユウリのテンションがあがる。

「うわ。シモン、声が聞けて嬉しいかも」

『僕もだよ。——出てくれてよかった』

「うん。ちょうど、テーブルの上に置いてあったから。——それで、シモン、忙しいのは少し落ち着いた?」

『まあ、なんとか』

どこかそぞろに答えたシモンが、間を空けずに問い返す。

『そういうユウリのほうは、問題ないかい?』

「あ、うん」

だが、その答えを疑っているかのように、シモンが確認する。

『本当に?』

「うん。問題ないけど、何か疑うような虫の知らせでもあった?」

『そうだね。虫の知らせではないけど、僕のところに、セイヤーズから連絡があって』

「——あ、そうなんだ」

ドキリとしたユウリが、わずかに声の調子を落として尋ねる。

「彼、なんだって?」

『スマホを盗まれてしまったので、もし、彼のアドレスで不審なメールや電話が来たら、安易に処理せず、気をつけてほしいということだった』

「ああ、そう。そうなんだ」

手書き写本のことではなかったため、少しだけホッとしたユウリが、「実は、そのことで」と心配事を一つ打ち明ける。

「セイヤーズがオスカーと一緒に、この週末、盗んだ犯人をつかまえると言って息巻いているんだ」

『ああ、そのようだね。セイヤーズから聞いたよ』

あんがい冷静な返答を受け、シモンからも無茶をしないよう忠告してもらおうとしていたユウリは、拍子抜けして尋ねた。

「そのようだねって、シモン、そう聞いて、心配ではないわけ？」

『どうだろう。まあ、聞く限り、相手は同じ学生のようだし、オスカーも一緒なら、おそらく問題ないと思うよ。——いちおう、オスカーには、くれぐれもセイヤーズを暴走させないようにと忠告のメールを送っておいたし』

「……オスカーに？」

そこで、首を傾げたユウリが確認する。

「逆ではなく？」

『いや。ああ見えて、根っこの部分で過激なのは、セイヤーズのほうだから』

「……まあ、そうか」

さすが、シモンは、パブリックスクール時代、かなり身近にセイヤーズと接していたこともあり、彼の性格を知り尽くしているらしい。

　シモンが続ける。

『むしろ、君も知ってのとおり、オスカーは、あれで意外と常識人だろう。もっとも、そうでないと弁護士なんて務まらないだろうし、それでいったら、医者は、多少エキセントリックなほうが向いている』

「……なるほど」

　妙に納得してしまったユウリに対し、シモンが、『とりあえず』と結論づけた。

『あの二人なら、引き際も含め、めったなことにはならないはずだから、大丈夫』

　相当な信頼を寄せて断言したシモンが、『それより、むしろ』と続ける。

『大丈夫でないのは、君じゃないか？』

「——僕？」

『そう』

　急に矛先を向けられ、ドギマギしたユウリに、シモンが切り込む。

『ユウリ、妙な手書き写本を手に入れたって？』

「——ああ」

　ついに来た。

　やはり、本当の用事は、それだったのだ。

「うん、そうだけど、もしかして、セイヤーズに聞いた？」

『そうだね。彼、君がまた無茶をしそうだと、心配していたよ。——もちろん、その話を聞いて、僕も気になって電話したんだけど、本当に大丈夫なのかい？』

「大丈夫だよ。まったく問題ない」

『まったく？』

「うん。まったく」

だが、ユウリが、そう宣言したとたん、ふいに前から伸びた手が携帯電話を奪い、アシュレイが電話口で言った。

「そんなにつべこべ言っているヒマがあるなら、ベルジュ、一つやってほしいことがあるんだが。——お前の親戚《しんせき》の枢機卿《すうききょう》は、ローヌ・アルプにあるカルトジオ会系の母系修道院シャルトルーズ・デントルモンにコネはないか？」

それに対し、一拍置いて、電話口からシモンのげんなりした声が漏れた。

『——アシュレイ』

5

フランスの首都、パリ。

「お洒落《しゃれ》」の代名詞のようなパリの街角のカフェで、道行く人々の目を釘《くぎ》づけにしながら、彼方の友人と電話で会話をしていたシモンは、なんの前触れもなく、突然耳に流れ込んできた声に、思わず、スマートフォンを顔から遠ざけて天を仰いでいた。

同時に、高雅で優美なシモンの口から「モン・ディウ」という罵りの言葉がもれる。

なぜ、急にアシュレイが出てくるのか。

神出鬼没とは、まさにこのことであろう。

なんであれ、彼がユウリのそばにいると思うと、本当に心がざわつくし、なんとも落ち着かない気分にさせられる。

アシュレイという人間は、あらゆる意味で危険だ。誇張でもなんでもなく、行動を共にしていると、時には命の危険すらあるくらいなのだ。

本人は、どんな場合でも生還する自信があるようだが、それをはたで見ていなければならない人間には、そのきわどさは、たまったものではない。アシュレイ一人が命を落とす分には、自業自得で気にもならないが、そこに、ユウリの存在がある限り、「はい、そうですか」で済ますわけにはいかない。それだというのに、肝心の、アシュレイに対するユウリの警戒心が、驚くほど希薄なのだ。

なぜ、もっと、用心しようとしないのか。

せめて、シモンの手が届かないところでは、もっと警戒してくれたらいいのにと思っているのだが、どんなにシモンが愁えようと、なにも変わらない。すべてに恵まれたようなシモンにだって、できないことはたくさんあり、そのうちの一つが、アシュレイをユウリのそばから遠ざけることだった。

「――アシュレイ」

げんなりと応じたシモンが、気を取り直して言う。

「なんなんですか、いきなり」

『だから――』

「ああ、それは聞こえていましたよ。カルトジオ会系の修道院でしょう。僕が訊きたいのは、それが、この先、何にどう関わってくるかなんですが」

『さあ。それは、俺にもまだわからない。――なにせ、急なことなんで』

「急ね」

それを、どこまで信じていいものか――。

シモンの最悪な気分に反し、四月末のパリは春めいていて、通りを吹き過ぎる風は実に爽快《そうかい》だ。

「言っておきますが、カルトジオ会系の修道院は厳格なことで有名ですから、いくら貴方でも、おいそれと入り込むことはできませんよ」

『そんなことはわかっている。──だから、こうして、お前に言っているんだろうが』

「僕にって、こっちにだって、それなりの手回しというものが……」

言いかけたシモンは、自分がアシュレイありきで話し出していることに気づき、「あ、いや」と方向性を変える。

「それより、その電話はユウリのものですよね。そもそも、僕はユウリと話していたわけで、彼に電話を返してくれませんか。──返事は、そのあとでします」

こんなふうに主張したからといって、アシュレイが素直に従うとは思えなかったが、意外にも、今回に限ってはあっさり要求が通り、すぐにユウリの声が戻ってきた。

『シモン』

「ああ、ユウリ」

『ごめん。いきなりだったから……』

ユウリがひどく恐縮した口調で言い訳するのを聞いて、シモンが「まあ」と応じる。

「しかたないさ、不可抗力だろうから」

そこで、わずかに間を置いたシモンが、先ほどのユウリの返答を持ち出して核心に触れる。

「ただ、僕が言いたいのは」

『うん』

「この状況のどこが、『まったく問題ない』って?」

『ああ、そう、そうだね』

バツが悪そうに受けたユウリが、ついに認める。

『たしかに、問題はあるかも』

「大ありだよ」

ピシャリと言って決めつけたシモンが、小さく吐息をついて「それで」と訊く。

「アシュレイが今言っていた、カルトジオ会系の修道院というのは?」

だが、ユウリは困ったように『それが』と答えた。

『僕も、今聞いたばかりで、さっぱりわからないんだ。少なくとも、一瞬前までは、「カルトジオ会系」の「カ」の字も出ていなかったから』

「そう」

頷いたシモンが、「それは」と応じる。

「アシュレイらしいといえば、アシュレイらしいし、そうなると、なんであれ、アシュレイにしかわからない話ってことになる」

『そうだね』

「ちなみに」

シモンが、かすかに懸念を示して尋ねる。

「アシュレイとは、いつから一緒なんだい？」

『十分くらい前からだよ。――たまたま、大英図書館のカフェで会ったんだ』

「へえ」

アシュレイが相手なら、「たまたま」ではない可能性もあるが、時には「たまたま」ということもあるかもしれない。なにせ、場所が大英図書館であれば、ある意味、アシュレイの領域《テリトリー》に踏み込んだようなものだからだ。――となると、先ほどのアシュレイの「わからない」という発言も、あながち嘘《うそ》ではないのだろう。

「それなら、手書き写本について、ユウリにわかっていることはあるのかい？」

『う～ん。具体的なことはまだ、何も』

「具体的？」

そこに引っかかりを覚えたのは、さすが、シモンと言わざるをえない。ユウリとの付き合いが長く親密な彼には、ユウリが常に、具体的な問題以上に、とても感覚的な問題を抱えていることがわかっているからだ。

「つまり、やはり、その手書き写本は、セイヤーズの言うとおり『いわくつき』で、そのことで、ユウリは悩んでいるというわけか」

『──まあ、そうだね』

ユウリが、肯定する。

もう誤魔化《ごまか》しきれないと観念したのだ。

それで、シモンも納得した。

「わかったよ、ユウリ」

そういうことなら、このことを知ったアシュレイがユウリを放っておくわけもなく、ようやく全体像を把握し始めたシモンが、「それなら」と言う。

「アシュレイに伝えてくれるかい」

『なにを?』

「彼が目的《ターゲット》としている修道院で調べ物ができるよう、こちらで手配しておくと──」

第四章　写字室の鵞鳥《がちょう》

1

週末。

ユウリは、金曜の午後の列車でパリへ向かい、まずはシモンと合流した。

北駅まで迎えに来てくれたシモンは、人で賑《にぎ》わう駅で、いち早くユウリの姿を見つけ出すと、颯爽《さっそう》と歩み寄ってくる。

シモンの場合、一日の疲れが出がちな夕方であっても、貴公子らしさが損なわれることはなく、まさに気品と優美が服を着て歩いているようだ。

「やあ、ユウリ」

うっかり見惚《みと》れてしまっていたユウリは、頬《ほお》に挨拶《あいさつ》代わりのキスをされ、シモンの体温を近くに感じたところで、ハッとして挨拶を返す。

れしている。

「やあ、シモン」

以前、頻繁に一緒にいた頃は、ずいぶんとこの神々しさに慣れてしまっていたが、少しでも間が空くと、ユウリですら、ついつい見入ってしまうほど、シモンの高雅さは人間離れしている。

まさに、都会に舞い降りた大天使そのものである。

シモンが、小さく苦笑して言う。

「もしかして、ぼうっとしていた?」

「あ、いや、そういうわけでも……」

否定したいが、かといって「見惚れていた」とはさすがに言いにくく、語尾を曖昧《あいまい》に誤魔《ご》化《まか》して取《と》り繕《つくろ》う。

「ただ、会うのは、久しぶりだなあと思って」

「そうだね。……といっても、イースターに会ったばかりだけど、たしかに感覚的に僕も同じで、正直、会えて本当に嬉《うれ》しい」

ユウリの背に手をやって歩くようにうながしながら、「もっとも」と少々苦々しげな口調で付け足した。

「できれば、違う用件で会えたら、もっと喜ばしかったんだけど」

「そうだよね。ごめん」

ユウリとしても、忙しいシモンの時間を、アシュレイと一緒に過ごすことに使いたくはなかったが、話の流れ上、しかたない。

かくいうアシュレイは、一足先に目当ての修道院に出向いていて、今頃は、禁断の扉の向こうにある修道院図書館で、調べ物に没頭しているはずである。それぞれ大学での授業のあったユウリとシモンは、明日の朝、それを追いかける形で現地入りする予定だ。

それにしても、今回の件で、アシュレイが得することはないはずだが、もともと、おのれが興味を持ったことに対しては貪欲《どんよく》で、調べずにはいられないようなところがあるうえ、こんな機会でもなければ、戒律の厳しい修道院の由緒ある図書館には入れないことから、ほぼ、おのれの欲求を満たすためだけに積極的に手伝う気になったのだろう。

万年雪を頂くアルプス山脈。

そのフランス側のすそ野に広がるローヌ・アルプ。

そこに人里離れて建つシャルトルーズ・デントルモンは、俗界をいっさい受け入れない、戒律の厳しさで知られるカルトジオ会系の母系修道院で、基本、一般の人間が立ち入ることは許されない。

だが、もちろん例外はあり、近年では、一人の映像作家が、二十年という長きにわたって交渉を重ねた末に、その沈黙に支配された空間の美しさを映像に収めることに成功している。

それを考えると、信者でもないアシュレイが、昨日今日のうちに訪問を申し込んだところで、まずもって許可など下りるはずはないのだが、それが、図書館限定とはいえ、門扉が開かれたのは異例中の異例といえた。

いったい、どんな魔法を使ったのか。

それについて、翌朝、シモンが、ヘリポートに向かう車の中で、簡単に経緯を説明してくれる。

ちなみに、パリから目的地までTGVを使っても三時間ほどで着くが、アシュレイが一方的に午前中の早い頃合いを待ち合わせ時間として指定してきたため、シモンは、移動経路に空を選んだ。

「僕に――というか、ベルジュ家の名前を利用してできたことは、シャルトルーズ・デントルモンの修道院長とコンタクトを取ることだけだったんだ」

「へえ」

意外そうに応じたユウリが、「でも」と訊《き》き返す。

「アシュレイは、そのあと、修道院の図書館で調べ物をしているんだよね？」

「そのようだね。いったい、どんな取引をしたのかはわからないけど、そこは、さすがアシュレイとしか言いようがない。向こうの修道院長が納得するだけの材料を用意したということだろう」

感心したようにに応じたシモンが、ユウリに確認する。

「君の話だと、アシュレイは、例の手書き写本の写真をすべて撮影してから、出かけたんだったね？」

「うん」

「それなら、それが決め手になった可能性はあるだろう」

「つまり、手書き写本は、その修道院にとって大切なものだったということ？」

「かもしれない」

後部座席で会話する二人の脇《わき》では、車窓をパリの風景が飛ぶように流れていく。

昨夜のうちに写本を検分しておいたシモンが、感想を述べた。

「そういえば、あの手書き写本は、かなり謎めいているとはいえ、見事な羊皮紙の完本だね」

「そう？」

「うん。装丁は別だけど、中身は、おそらく作られた時代から、ほとんど手が加わっていないんじゃないかな」

「ふうん」

そこで、ユウリが不思議に思っていたことを尋ねる。

「それにしても、アシュレイは、なぜ、この手書き写本を一目見ただけで、カルトジオ会系の修道院と結びつけることができたんだろう？」

「ああ。なぜだろうね」

「シモンにも、わからない？」

深い意味はなかったが、シモンは、少々矜持《きょうじ》を傷つけられたように苦笑した。

「残念ながら、君の言うとおり、僕の見識では謎《なぞ》だ。中身を見る限り、個人で使うための祈禱書《きとうしょ》のようだけど、カバーにもどこにも、それこそ最後のページにすら、タイトルや制作された場所などが記されていないから、いつ頃、どこで書かれたものかは不明だよ」

「やっぱり……」

「ただ、逆にいうと、そこから考えて、有名な工房で作られたものではないのだろう」

「……というと？」

わからなかったユウリが訊き返すと、シモンが優雅に人さし指をあげて教えてくれる。

「あれを作ったのが、もし、商売のために写本作りをしていた工房なら、自分たちの宣伝のために、どこかに工房名を入れたはずだ。当時は、受注生産だったから、名を知られ、注文を受けてこそ、成り立つ商売だからね」

「なるほど」

「だけど、そういったものがいっさいなく、本来、タイトルなどが記されるべき扉ページすら必要ないとされたのであれば、おそらく、あの写本を作った人間は、金銭目的ではなく、極めて個人的な理由から制作するに至ったんだろう」

「個人的な理由って、たとえば？」

　ユウリに尋ねられ、シモンが「まあ」と推測する。

「内容が祈禱書であることを考えたら、まず、修道士が、自分たちが日常的に使用するために作ったとするのが妥当かな」

「修道士が……？」

「そう。世俗的な工房ができるまでは、『書写』なんていう、霞を食べるに等しい浮き世離れした作業は、もっぱら修道院の写字室で修道士が行っていた、ある種の専売特許だったわけだし」

「そうか」

「ただ、そうは言っても、あれが珍しいのはたしかだよ」

　そう断言したシモンが、「例えば」と教える。

「十五世紀頃には、『ガードルブック』と呼ばれる、修道士が個人的に持ち歩く本の形態が流行ったんだけど」

「『ガードルブック』？」

「うん。カバーとなっている革の端と端をのばして結び、それを修道服の腰紐《こしひも》からぶら下げて持ち歩いた本のことを言うんだ。——ああ、もし、興味があるなら、ロワールの城のロングギャラリーには、十五世紀にケルンで作られたものが展示されているから、今度見せてあげるよ」

「見たい！」

それが、どんなに稀少《きしょう》価値が高いかも知らずに興味を示したユウリに対し、シモンが素知らぬ顔で「もっとも」と説明を続けた。

「『ガードルブック』が流行った時代には、すでに紙が普及し、本が比較的安価に作れるようになっていたからこそ、個人で所有することもできたわけだけど、それ以前は、国王や修道院長など身分の高い人間以外で、個人が本を所有するなんてことは、あまりなかったはずなんだ。君だって想像はつくと思うけど、材料としての羊皮紙は高価で、どの修道院でも確保するのに四苦八苦していたことを考えれば、そもそものこととして、そうそう個人が所有できるというものではない」

「なるほどね」

「その観点からあの手書き写本を見つめ直すと、使用されている羊皮紙の質が、かなり不均一であるのも、納得がいく」

「不均一？」

「なんというか、あの手書き写本を触った時の感覚として、布で例えるなら、端切れを寄せ集めたようなちぐはぐな印象があったことから、もしかしたら、あれを作るために羊皮紙が用意されたわけではなく、あちこちで余った羊皮紙を寄せ集めて作られたものかもしれないと思ったんだよ」

「へえ」

ユウリが面白そうに相槌《あいづち》を打っていると、電源を入れっぱなしにしておいたユウリの携帯電話が高らかに鳴り響いた。それは、メールの着信を知らせる音で、発信者を見たユウリが、ガバッと身体《からだ》を起こして叫ぶ。

「あ、オスカーからだ」

「オスカー?」

訊き返したシモンは、一瞬、なぜ今「オスカー」なのかと思うが、すぐに彼がセイヤーズと二人で窃盗犯を捕まえるため、ケンブリッジに出向いていたことを思い出す。

「——ああ、そうか、オスカーね。それで、彼はなんだって?」

「よかった!」

メールを読んだユウリが、喜色《きしょく》に満ちた声をあげ、嬉しそうにシモンに報告する。

「窃盗犯を捕まえたって。——思っていたとおり、ケンブリッジの学生で、人からフィッシュボーンが手書き写本の切り抜きで稼いでいると聞いて、自分もそれにあやかりたいと思ったみたい」

「なるほど」

だが、実際はといえば、フィッシュボーンは、稼ぐどころか、ただ災難に見舞われただけである。

窃盗犯も、それを知っていたら、こんなバカなことはしなかっただろうに――。

シモンが尋ねる。

「それで、彼らは、このあと、どうするつもりなんだろう?」

「えっと、いちおう同じ学生だということで、警察には届けず、処分は学校側に任せるみたいだ」

「つまり、セイヤーズは、彼を訴えないんだね?」

「うん」

それはまたセイヤーズらしいと、シモンは思う。冷たい表情のせいで気づかれにくいが、彼は、ああ見えて、あんがい人情家なのだ。

シモンが「まあ」と感想を述べる。

「とりあえず、二人にケガがなくてよかった」

「本当に――」

心からホッとしたユウリが、そのことを含め、オスカーに返信している間に、いつしか車はヘリポートに到着したため、彼らはそこで乗り物を乗り換え、一路、目的地へと向かった。

てっきり、まっすぐ問題の修道院に行くのかと思っていたら、アシュレイがユウリとシモンの到着を待っていたのは、修道院から少し離れた地方都市の近くにあるシャトーホテルのレストランだった。

2

どうやら、ここ数日、アシュレイはこのホテルに宿泊していたらしい。

当然、修道院の僧房には泊めてもらえないので、選択肢として、このあたりのホテルが妥当だったのだろう。

シャルトルーズ・デントルモンに行く際の起点となるその地方都市は、創建が古く、もとはケルトの村落だったのが、その後、他のヨーロッパ諸都市と同じく、ローマの支配下に入り、さらにブルグントやフランク族などの侵入を受け、中世には司教座の置かれる都市へと発展した。

そこから車で十分ほどのところにあるシャトーホテルは、緑に囲まれたエレガントなホテルで、陽光が射《さ》し込《こ》む明るいレストランで遅めの朝食を食べていたアシュレイは、ユウリを伴い、いとも優雅に歩み寄ってきたシモンをチラッと見て、つまらなそうにフォークを置いた。

「――まあ、そうだろうと思ったが、やっぱりおまけ付きか」

「当たり前でしょう。誰の紹介で、あの修道院に出入りできたと思っているんです。これで、関係者である僕が挨拶に寄らなければ、先方に対し失礼に当たるというものですよ」

「ほお？」

おもしろそうに受けたアシュレイが、言わなくてもいい嫌味を繰りだす。

「それはまた、お貴族サマらしい高慢な言い草だな」

「何が。――むしろ、礼儀の問題です」

ピシャリと言い返したシモンは、空いている席にスッと座り、ウェイターを呼んで自分とユウリの分の朝食を頼んだ。朝が早かったため、食事はせず、特製スムージーだけ飲んで出てきたため、二人とも、お腹《なか》が空《す》いていたのだ。

「――それで」

シモンが、先に運ばれてきたコーヒーに手を伸ばしながら、尋ねる。

「禁断の園に土足で踏み込んだだけの成果はあったんですか？」

それに対し、底光りする青灰色の瞳《ひとみ》を剣呑《けんのん》に向けたアシュレイが、「お前は」と気分を害したように応じた。

「誰に向かってものを言っているんだ？」

「たしかに」

　そこは、素直に認めたシモンが続ける。

「愚問でした。――それなら、先に教えてほしいのですけど、アシュレイは、なぜ、ユウリが手に入れた手書き写本を一目見ただけで、カルトジオ会系の修道院と結びつけることができたんです?」

「そんなの」

　アシュレイは、なんでもないことのように応じる。

「一目見りゃ、わかる」

「一目見てわからないから訊いているんですが?」

　シモンの言い分を受け、アシュレイが、「ということは」と確認する。

「お前も、一通り、チェックはしたんだな?」

「もちろんです。あちこち照会しているだけの時間はありませんでしたが、見るには見ました。――それで思ったのは、あれは、手書き写本の時代にしては珍しく、のちの『ガードルブック』のように、修道士たちが日常的に使うために作られたものだったのではないかと」

「へえ。のちの『ガードルブック』ね」

　繰り返したアシュレイが、興味深そうに続ける。

「それは、なかなかコアなところに目をつけたな」

「どうも」

　軽く肩をすくめたシモンが、「ただ」と残念そうに付け加えた。

「アシュレイが言っているカルトジオ会系の修道院に繋《つな》がるようなヒントは、どこにも見当たりませんでしたけど」

　二人が会話している間、ユウリは鞄《かばん》からくだんの手書き写本を取り出し、改めてページを繰りながら眺めた。

　それを横目に捉《とら》えつつ、アシュレイが「俺が」と説明する。

「その手書き写本をカルトジオ会系の修道院と結びつけたきっかけは、最後のページのところに書かれていた文言にあった名前だ」

　それに合わせ、慌ててページをめくったユウリの横で、シモンが写本を確認せずに答えた。

「エフェルディノス？」

「そう。エフェルディノスの名前は、一般にはあまり知られていないが、キリスト教関係の稀覯本《きこうぼん》を蒐集《しゅうしゅう》する一部のマニアには有名で、彩飾の質が非常に高く芸術的であるのに対し、残されている作品がほとんどないことから、まさに『幻』といわれている」

　水色の瞳を軽く見開いたシモンが、意外そうに言う。

「それは、初めて聞きました」

「だろうな」

あっさり応じたアシュレイが、説明を続けた。

「その生涯のいっさいが謎に包まれているエフェルディノスの名前は、十二世紀、サマーセット州メンディップにあったカルトジオ会系の修道院の出納帳《すいとうちょう》に載っていたことがわかっていて、そこで写本制作に携わっていたと考えられている。同じ時期、近郊の領主が、彼を名指しで時禱書《じとうしょ》の作成を依頼しているので、まず間違いない」

「メンディップねえ……」

呟《つぶや》いたシモンが、チラッとユウリと視線をかわす。また、そんな地方の出来事をよく知っているものだと感心したのだ。

ちょうどそのタイミングで、食事が運ばれてきたため、ユウリとシモンは食べながら続きを拝聴した。

「お前も知ってのとおり、カルトジオ会系の修道院では、修道士たちは決まった時間以外は口を利かず、自分たちの僧房に籠《こ》もって祈りの日々を送る」

「そうですね」

「となると、エフェルディノスも基本は同じで、のちに出てくる工房や、あるいはザンクト・ガレンのような大きな修道院が写本の制作を分業で行っていたのとは違い、あくまでも個人ですべてを請け負う必要があり、たった一人、長い時間をかけてこつこつと写本作りに勤《いそ》しんだと考えられる」

「だけど、それほど名を馳《は》せたのなら、もう少し有名になっていてもおかしくないはずですが」

シモンの疑問に対し、アシュレイは「いや」とよどみなく答えた。

「一概にそうともいえず、見た者には必ず『天与の才』と誉《ほ》め称《たた》えられる彼の円熟期の作品は、俺が知る限り、メンディップの小さな教会の展示物の中に一つと、個人蔵のものが一つ、あとは、噂《うわさ》として、それこそ、俺が訪ねたカルトジオ会系の母系修道院シャルトルーズ・デントルモンの奥深くに秘蔵されているといわれていたものだけであるため、一般人の目に触れる機会は皆無といっていい。もちろん、メンディップの教会のものは公開されているので、行けば誰でも見られるが、ガラスケースの中に入っているうえに説明はいっさい付与されていないので、わかる人間にしかわからないだろう」

「へえ。それだと、たしかにそうですね」

「つまり」

アシュレイが、結論づける。

「エフェルディノスは、現代においては、ほぼ無名の天才だ。――そして、おそらく、当時も、本当に身近に接している人間しか、彼に仕事を依頼することはできなかったのだろう」

「それなら、もしかして」

シモンが、確認する。

「今おっしゃった『個人蔵』というのは——」

「そうだ。エフェルディノスを名指しで時禱書の制作を依頼した当時の領主の子孫だよ。その作品は門外不出で、まず世に出ることはない」

「なるほど」

納得したシモンが、続ける。

「稀少価値が高すぎて無名というのも、皮肉な話ですけど」

「ああ。——ただ、逆にいえば、それゆえに、できあがった一冊に、彼のあり余る才能を注《そそ》ぎ込《こ》めたともいえるんだが」

「たしかに」

「エフェルディノスがいたメンディップの修道院は、建物の修繕費にもことかくような貧乏修道院で、羊皮紙獲得のために国王に出した直訴状が、国立公文書館に残されているんだが、エフェルディノスが領主のために制作した時禱書のおかげで、その年の冬は、暖かい室内で快適なクリスマスを迎えられたと、当時の修道院長が回顧録の中で漏らしているくらいだ」

「ふうん」

感心したように応じたシモンが、「それなら、アシュレイは」と、テーブルの上に置いてある手書き写本を顎《あご》で示して尋ねる。

「これが、エフェルディノスの手で書かれた貴重な一冊であると確信しているんですね？」

「間違いないし、そのことは、この手書き写本を画像で見たシャルトルーズ・デントルモンの修道院長も認めたよ」

「修道院長が？」

「ああ」

そこで、思惑ありげにニヤッと笑ったアシュレイが「そういえば」と付け足す。

「あちらも、この手書き写本の現物には、並々ならぬ関心を抱いていたな」

その言葉と態度から察するに、やはり、これを振りかざして禁断の園の扉を開かせたらしい。

「ただ、そうはいっても」

アシュレイが続ける。

「この手書き写本に関しては、最後のページの覚え書きがなければ、正直、彼の作品と見極めるのは難しいくらい、まだ、スタイルの確立されていない初期の作品だから、価値がどれくらいになるかは、なんともいえない。――いや、むしろ、好事家たちが、どれくらいこれを手に入れたがるかで、決まるんだろうな」

「初期の作品か……」

呟いたシモンが、「ということは」と訊く。

「僕が思った通り、これは、エフェルディノスが、ただ自分が使うためだけに制作した祈禱書と考えていいわけですね？」

「そうだ。そういうことを踏まえたうえで、これを眺めると、エフェルディノスの作品を際立たせる線描の優雅な彩飾は、全編にわたってほとんど見られず、むしろ、美麗に書写することだけに全力を傾けている様子が窺《うかが》える」

残念ながら、彼の円熟期の作品を見たことのないシモンもユウリも、その違いがわからなかったが、初期の作品であっても、こんなに美しいのだから、努力を重ねた末に、請われて他人のために描いた彩飾写本というのは、どれほど見事であるのだろう。

一通り食べ終え、コーヒーに手を伸ばすシモンとユウリの前で、アシュレイが両手を開いて告げる。

「エフェルディノスにとって、書写は、神に近づくための修行の一つで、それを完璧《かんぺき》に成し遂げた時には、魂が天上界に迎えられると信じていたのだろう。彼の一生が長かったのか、短かったのかはわからないが、少なくとも、彼は、生涯、書写のために生き、死んでいったはずだ」

「だけど、それなら」

ユウリが、漆黒の瞳を翳《かげ》らせて問う。その神秘的な表情は、あたかも、ここにはいないはずの修道士の気配を感じ取っているかのようだ。

「僕にメッセージを書いてよこした白い服の修道士がエフェルディノスだったとして、彼は、なぜ、この手書き写本に取り憑いているんでしょう。もしかして、何か、未練でもあるんですかね？」

だが、取り憑くにしたって、他にもっと出来のいい手書き写本がありそうだし、これでなければならない理由がわからない。

あるいは、やはり、自分のために作ったものには、愛着が湧くのか――？

あれこれ考えるユウリであったが、どうやらそう単純ではないことを、アシュレイが教えてくれる。

「俺も、それが気になったんで、シャルトルーズ・デントルモンの修道院長に画像で内容をすべて確認してもらったら、おもしろいことがわかった」

「おもしろいこと？」

「ああ」

そこで、意味深な間を置いたアシュレイが、一言告げる。

「足りないそうだな」

「……足りない？」

繰り返したユウリが訊き返す。

「何がですか？」

「もちろん、中身だよ」

「中身」

コーヒーのカップを置き、シモンと顔を見合わせたユウリが確認する。

「それは、切り取られた彩飾文字のことではなく？」

「違う」

言下に否定したアシュレイが、続ける。

「俺が言っているのは、あとから加えられた破損ということではなく、もともとの祈禱文が、途中数行分だけぽっかりと抜けているということだ」

「本当に⁉」

驚くユウリに対し、「いや、だけど」とシモンは冷静に反論した。

「そんなの、手書き写本にはよくあることで、欄外に足せばいいだけのことですよね？」

「そう。だから、修道院長も、なぜ、足りない祈禱文が足されていないのか、不思議そうだった」

現代の文明社会のように、間違えたら一括《いっかつ》デリートでパッと消せたり、あとから追加できたりする便利な時代と違い、手書きの文章は、一度間違えたら、あとは余白などに書き込むしかない。

そのために、余白部分も大きく取られているのだが、どうしたわけか、この手書き写本には、あとから追加された祈禱文がない。

足りないことに気づかなかったのか。

でなければ、他になにか理由があるのか――。

「そうか、足りないのか」

感慨深げに繰り返したユウリを、アシュレイが青灰色の瞳で楽しそうに見つめた。

祈禱文が足りない。

その事実は、なにを意味するか。

「そう、足りない」

応じたアシュレイは、「言い換えれば」と告げる。

「最後のページの文言にある『一言一句もれなく完了』と言う宣言は嘘になるわけで、エフェルディノスがこの手書き写本に取り憑いているのだとしたら、間違いなく、祈禱文が足りなかったことで、天国に行きそこなったからだ。つまり」

そこで一拍置いて、続けた。

「それから考えても、この前、お前に言ったように、エフェルディノスがなんの気なく書いた最後のページの文言は、しっかりと呪詛として機能しているってことだ」

「そうですね」

頷いたユウリの横で、シモンが、「ですが」と水色の瞳をひそめて疑わしげに口をはさんだ。

「こんな戯言《ざれごと》は、よく書かれるし、これだけが特別ってわけでもありません。それが、どうして、これに限って――」

「だから」

面倒くさそうに片手をあげて遮ったアシュレイが、宣言する。

「これだけが特別である理由を、これから、修道院資料館に行って調べるんだろうが」

「え、これからですか？」

意外そうなシモンに、アシュレイが嫌味っぽく言い返す。

「不満か？」

「そういうわけではありませんが」

「なら、つべこべ言うな。――それとも例によって例のごとく、俺にすべてを委ねて、自分は高みの見物でもするつもりだったか？」

「まさか。――そういうわけではなく、ただ、少し意外だっただけです」

実は、ちょっとだけそのつもりでいたシモンが、その場を誤魔化すように「それより」

と話の焦点をずらす。

「今、アシュレイは、『修道院資料館』と言いましたか？」

「言ったよ」

「そこに、資料があるんですか？」

「そうだ。シャルトルーズ・デントルモンにあった多くの蔵書は、近年、そっちに移されていて、現在、禁断の園にあるのは秘蔵本ばかりってわけだ。──だから、修道院長に挨拶がしたければ、後日、改めて、その手書き写本を持って訪ねるんだな」

「手書き写本を持ってねえ……」

シモンが、思うところがあるように呟く。だが、結局、その件にはあえて触れず、「それなら」と二人をうながした。

「さっさと行きましょうか。時は金なりですから」

だが、席を立った彼らが移動しようとした、まさにその時。

入り口のほうに視線を流したユウリが、大きく目を見開いて口も丸くする。

「──嘘《うそ》」

気づいたシモンとアシュレイの視線も、ほぼ同時に、入り口のほうに注がれる。

そこに、パリコレのモデルのようにスタイルのいい女性がいて、ギャルソンの案内を待ちながら、友人たちと高らかに談笑していた。

ユウリが、女性の名前を呼ぶ。

「ナタリー!」

振り返ったナタリーも驚いたようにこっちを見て、さらに、チラッとシモンに視線を流してから、小さく舌を出した。

どうやら、この邂逅《かいこう》は、彼女にとって、非常にバツが悪いものであるらしい。

「あらやだ、どうも〜」

全然「どうも〜」ではない引きつった笑顔で近づいてきたナタリーは、そのままの勢いでしゃべりだす。

「相変わらず、三人、お揃《そろ》いなのね〜。『仲よきことは美しき』って、どこかの誰かが言っていたって、この前、ネット・サーフィンをしていた友達が言っていたけど、まさに、それね。本当に美しくて、たまには、他の人とつるんでみちゃどう? とか言えない感じ」

「ほっといてくれ」

言下に応じたシモンが、水色の瞳をすがめて問う。

「そんなことより、君こそ、こんなところで何をしているんだ、ナタリー?」

「そりゃ、もちろんヤボ用ってやつ?」

言いながら、ドンとシモンの肩を小突いて「や〜ね〜」と続ける。

「美しい盛りの女に、そんなことを訊くもんじゃないわよ。……なんて、私は、生まれてからずっと美しさの盛りにあるけど、なんであれ、恋人と、内緒のデートかもしれないでしょう?」

それには、シモンが賛同する。

「もしそうなら、逆に喜ばしいよ。──ただ」

そこで、入り口付近にたむろしている女性の集団にチラッと視線を流し、疑わしそうに指摘した。

「連れは、男ではなく、女友達のようだけど?」

「そうよ。──なに、だからって、恋人が一緒じゃないとは限らないでしょう」

モスグリーンの瞳を細めて言い返したナタリーに、シモンが一つ溜《た》め息《いき》をついてから問いかける。

「それはそうだけど、それなら、懲りもせず、また魔女の集会のようなものに参加しようなんて愚かなことは、考えていないんだね?」

シモンの確認に、「え?」と、少々慌《あわ》てた様子でナタリーが否定する。

「そんなの、当たり前じゃない」

だが、彼女の場合、前科があるので、容易には信じられない。なにせ、スイスの女学校時代には、伝統的な魔女サークルに所属し、今でも、そのOGたちで形成される「がちょうの井戸端会議」とかいう集団に属しているのだ。

ナタリーが、続けた。

「まあ、たしかに、『恋人』云々は嘘だけど、純粋な遊びよ。あ、そ、び。——このホテル、スパで有名だし、それに、これからお友達みんなで街までお買い物に行くのよ」

「……買い物？」

「そう。買い物。服とか靴とか箒《ほうき》とか」

（……箒？）

ユウリが、最後の「箒」ってなんだろうと思う前で、シモンがどうでもよさそうに「なんだか知らないけど」と応じた。

「変なものを買い込むのだけは、やめてくれよ」

「わかっているわよ。私だって、もう大人なんだから」

「だといいけど」

それが信じられないからこそ、こうしてやきもきしなければならないのだと呆《あき》れるシモンに対し、ナタリーが「私より」と若干ムッとした様子で突っ込む。

「貴方《あなた》のほうが問題なんじゃないの、シモン」

「僕がなんだい」

「あら。この面子《メンツ》が揃っていて、何もないとは言わせないわよ。だけど、ベルジュ家の後継ぎが、こんなふうにしょっちゅうおかしなことに関わっているなんて、もし、世間に知られたら——」

だが、その瞬間、シモンがいつになく鋭い声で相手の言葉を遮断した。

「ナタリー」

ナタリーも、すぐに自分の失言に気づいたようで、チラッとユウリの顔に視線を流すと、「あ〜、いえ、別に」と前言を撤回する。

「私は全然いいのよ。というか、今のはちょっとした冗談だから。冗談にならなくても、言いたいことがある人は言っていればいいし、私は、シモンがベルジュ家を継いで私と結婚してくれさえすれば、たとえ世間から白い目で見られようと、ユウリと二人、異次元の世界に繰りだそうと、構いやしない」

だが、その言葉もあまりフォローにはならず、見るからに申し訳なさそうな顔をしているユウリの横から、ここぞとばかりに、アシュレイが口をはさんだ。

「なるほど。やはりベルジュ・グループの総帥ともなると、いろいろと世間体があって大変らしいな。同情するよ」

その言葉の裏には、当然、「だから、ユウリのことは自分に任せ、シモンは、彼本来の明るい道を歩め」というメッセージが込められていて、しっかりと受け止めたシモンが氷のような冷たい表情でアシュレイを睨《にら》んだ。

おかげで、その場の空気が一瞬で凍り付き、慌てたナタリーが、「……えぇっと」と言って後ずさりしながら離れていく。

「なんか、ほら、友達が呼んでいるみたいだし、呼んでいてほしいし、呼んでいないと困るから、私、もう行くわね。ごきげんよう。さようなら〜」

それに対し、ユウリだけが律儀に返事をした。

「ああ、うん。またね、ナタリー」

それを機に、どことなく気まずい雰囲気《ふんいき》を湛《たた》えたまま、彼らも動き出し、目当ての修道院資料館へと車で移動した。

3

修道院資料館へは、アシュレイが借りたレンタカーで向かった。

彼にしては珍しく、車体のごつい四輪駆動車ではなく、スタイリッシュなオープンカーであったことに、ユウリはいささか驚く。しかも、ちゃっかり運転はシモンに任せ、自分は後部座席にそっくり返り、気持ちよさそうに風に吹かれていた。

平地を抜け、山間部に差しかかると、道はカーブが続くが、シモンはたしかな運転技術で、なんとも軽やかに駆け抜けていく。白のオープンカーを運転する人物として、シモンほどしっくりくる人間は他にいないだろう。

やがて、道の先に、青灰色の屋根を持つどっしりとした建物が見えてくる。

当面の目的地である修道院資料館だ。

修道院資料館は、カルトジオ会系の修道院について知ってもらうため、一般にも公開されているもので、三人が訪れた時も観光客の姿はあったが、案内された資料閲覧室は、人の姿もなく、聖域のような静けさに包み込まれていた。

もっとも、ここまで少々気まずい雰囲気を引きずってやってきた彼らには、その沈黙が天の恵みのように思える。

そこで、それぞれ、少し離れた書見台の前に座り、白手袋をした手で担当者が次々と運んでくる資料をむさぼり読んでいると、しだいに、嫌なことは頭から消え去り、わだかまりも自然と解消していった。少なくとも、ユウリの中でもやもやしていた気持ちは消え、どんな場合でも、シモンとの時間を大切にしようという想いが強くなる。まわりから何を言われようと、シモンが彼の意志でユウリのそばにいてくれるのであれば、ユウリにとってこれほど嬉しいことはない。

ただ、同時に、やはり、この手のことにシモンを巻き込むのはできるだけ避けたいという気持ちも改めて強まる。

いつも思うことだが、シモンは、王道中の王道を歩く人間だ。

人を従える人間は、人に理解されにくいあやふやな世界に足を突っ込んでいてはいけない。そんなことはわかっているのに、シモンがこうして手を差し伸べてくれるたび、ついその手に掴《つか》まってしまうのだから、情けない。

もっと強くならないと、絶対に、いつかシモンの足を引っぱる。

こういうことに関わらせなかったとしても、シモンとなら、いくらでも楽しい時間を共有できるのだ。

ただし、そのためには、アシュレイとの関係も見直す必要があるだろう。

（あんがい）

ユウリは、珍しく苦笑めいた表情を浮かべて思う。

(そっちのほうが、難しいかもしれない……)

そこで、改めてアシュレイの存在について考えてみた。

決して頼っていいとは思っていないが、アシュレイの驚異的な資質や頭脳は、すでにこの手の問題に遭遇した際の最も強力な足がかりとなりつつある。危険だとわかってはいても、この便利な手段《ツール》を、今から手放すには相当の努力と労力が必要となるだろう。——いや、それどころか、たぶん不可能に近い。

なぜなら、アシュレイの場合、ユウリの意志に関係なく強引に向こうから関わってくるからだ。それを思えば、手放すことより、強引に来なくなった時のことを心配したほうがいいのかもしれない。

(……もっとも、そんなこと、今、考えてもしかたないか)

ひとまず、シモンだって、しぶしぶながらもアシュレイの才能を認めているし、先ほどのナタリーの発言も、その場を誤魔化すための方便であれば、何も本気で言ったわけではないはずだ。それを、一人で勝手に堂々巡りをしていたのでは、根本的な問題の解決など望めない。

そこでユウリは、まず、目の前の課題に集中することにした。

担当者が運んでくる資料の数々は、アシュレイが、いくつかのキーワードでクロス検索をかけて厳選したものであるらしく、実に興味深いものが多い。中には、とっくに消失してしまっているカルトジオ会系の修道院の資料もあり、種類も、各修道院にいた歴代の院長の備忘録や修道院全史などから、修道院にまつわる奇談や説話などを集めた資料まで と、なかなかバラエティに富んでいる。

ただ、やっかいなのは、どれも中世ラテン語か、でなければ古英語やロマンス語などヨーロッパ各地の古い言語を使って書かれていることだ。その中で、ユウリに辛《かろ》うじて理解できるのは、せいぜい中世ラテン語と古英語くらいまでで、それだって、相当な努力を要する。

離れた場所で涼しい顔をして資料をめくっているシモンやアシュレイと違い、辞書を片手に必死で格闘していたユウリが、あまりにわからず、ついには脳が考えることを放棄してちょっとうつらうつらとしていると、スッと脇に近づいた担当者が、ユウリの前に新たに資料を置いた。その様子は、まるで、他のものはいいから、今すぐこれを読めと強要されているような感じだった。

ハッとして顔をあげたユウリは、そこでさらに驚くことになる。

見あげたところに、担当者の姿がなかったからだ。

（え、なんで？）

とっさにガタンと椅子《いす》を鳴らして立ちあがり、キョロキョロとあたりを見まわすが、閲覧室のどこにも担当者の影すら見当たらなかった。間違いなく、今、ユウリの前に資料を置いた人間がいたのに、彼はどこに行ってしまったのか——。

そんなユウリの様子を、離れた場所から、シモンとアシュレイがそれぞれ見つめ、チラッと視線をかわし合う。ユウリのこの手の行動は、ある種のサインである。身辺で、何か言葉では説明しにくいことが起きたのだ。

ユウリが、動揺したままストンと座る。

同時に、脳裏をよぎった疑問。

(そういえば、今の人って、本当にさっきから資料を運んできてくれている人だっけ？)

そのわりに、目の端に残っている残像は、白いざっくりとした修道服姿で、あるいはカルトジオ会系の修道院に属する修道士だった可能性もある。

だが、修道院の奥深くで祈りと瞑想《めいそう》の日々を送る彼らが、こんなところまで降りてくるとは思えない。

(だとしたら、今のは、やはりさっきの人だった——？)

ユウリはテーブルの上に視線を移し、目の前に置かれた本を見る。

何かを訴えかけるように開かれた状態で置かれていたそれは、どこかの修道院の出納帳らしく、その月のやりくりが見て取れるが、おもしろいのは、欄外に、走り書きのような乱れた文字で、いろいろな落書きがされていることだった。

ユウリは、主体である出納帳の内容ではなく、欄外の文字を目で追う。
そこには、こんなぼやきが書かれていた。

やれ、なんという貧しさ。
うちは、羊もいなければ、鵞鳥もいない。
これで、いかにして、書写を続けられるというのだろう。

読んでいて、つい笑みがこぼれてしまう文章だ。修道士であっても、そこには、なんともありきたりな日常が垣間見《かいまみ》られる。明日の糧を得ることは、生きとし生けるものがこの世に誕生して以来、誰もが頭を悩ませる問題なのだろう。
ページをめくると、さらに書き込みがあり、そこにはこんなことが書いてあった。

森に住む婆《ばあ》さんが、鵞鳥を小脇に抱えて歩いている。
とっさに、使いをやって羽根ペンにするための羽根を所望した。
すると、婆さんは歯のない顔で笑い、楽しそうに言った。
神の御使《みつか》いが、魔女に頼みごとをするとは、お笑い草だ。
もちろん、好きなだけ持っておいき。

ただし、魔女の鷲鳥は、ただの鷲鳥ではないことを、ゆめゆめ忘れるな——。

食い入るように読んでいたユウリは、その単語に引っかかりを覚え、手を止めて考え込む。それは、ユウリの夢枕《ゆめまくら》に立ったエフェルディノスらしき修道士が、万年筆で書き残したなぞなぞの答えと合致する。

(羽根ペン?)

(魔女の鷲鳥は、ただの鷲鳥ではない……か)

それは、つまりどういうことだろう。

もしや、魔女の鷲鳥からむしり取った羽根ペンは、そこに、否応《いやおう》なく魔力が宿るということなのか。

だとしたら、その魔力の宿った羽根ペンで書かれた文言は呪詛となり、その文言に該当する人間がいたら、直ちに、呪《のろ》いが作動することになってもおかしくない。

つまり、これこそが、彼らが探し求めていた答え、——エフェルディノスの書いた戯言《ざれごと》を、ただの戯言から恐ろしい呪詛に変えてしまった要因ではないのか。

考え事をしていたユウリは気づかずにいたが、いつの間にか、シモンとアシュレイが両脇に立ち、上から同じものを覗《のぞ》き込《こ》んでいた。

先にアシュレイが、白手袋をした手を伸ばして出納帳を取り上げるとパラパラと中身を確認し、さらに裏返したところで不思議そうに首を傾《かし》げた。どうやら何か違和感を覚えたようだが、私語は禁止されているため、その理由は問えない。

話を聞けず、情報を伝えられない。

いちおう、筆談は許されていたが、それだって、限界がある。

焦《じ》れったさと、また長い時間沈黙のうちに過ごしてきたことへの倦《う》みもあり、彼らはそろそろ俗界へ戻る頃合いだと考える。

沈黙が嫌いではないユウリも、さすがに人声が懐かしい。

沈黙のうちにましますす神もいれば、陽気さの中に潜む神もいる。

宇宙は無音だというが、ユウリの中で深遠なる宇宙は、あまねく神々の笑いさざめく声で満たされていた。

もちろん、シモンやアシュレイがどう思っていたかはわからないが、おそらく、アシュレイに関しては、すべて情報が揃ったとみなしたのだろう。

フラッシュを焚《た》かないこととブログなど世間に向けて発信するような媒体には公開しないことを条件に撮影許可は下りていたため、アシュレイはスマートフォンで、その出納帳の写真も素早く撮り終えると、世話をしてくれた担当者に礼を述べ、彼らは静謐《せいひつ》な空間をあとにした。

沈黙に飽きて辞去してきたわりに、俗界に戻ったとたん、世界があまりに音に満ちていることに、ユウリとシモンは少々戸惑いを覚えた。

4

観光客の声。

車の排気音。

それでもまだ、山間部のこのあたりは都会の喧騒《けんそう》からは完全に切り離されているのだ。もしかしたら、カルトジオ会系の修道士たちにとって、俗界の雑音は、沈黙以上に耐えがたい地獄の責め苦なのかもしれない。

ただ一人、適応能力が野生動物並みに高いアシュレイは、そのあたりの違いには頓着《とんちゃく》せず、飄々《ひょうひょう》としている。それでも、ざわめきに満ちた街中のカフェは避け、先ほどのシャトーホテルまで戻って、そこのラウンジに落ち着くことを選んだ。

ユウリやシモンのためというより、そのほうが話をしやすいと考えたからだろう。

ホテルの入り口で、ユウリは箒を持った女性とすれ違い、なんとなく目で追う。丈の長い黒のキュロットに同じく黒のロングカーディガンを着た姿は、なかなか颯爽としていて美人なのに、なぜアンバランスな箒などを手にしているのか。

（……そういえば、ナタリーも箒を買うようなことを言っていたっけ）

もしかしたら、このあたりの特産品なのだろうか。あとでナタリーに確認し、もしそうなら、ユウリも買って帰ろうと考える。

お昼を食べていなかったため、彼らは軽い食事と飲み物を頼み、早速話し始めた。

「まず、ユウリ」

口火を切ったのは、やはりアシュレイだ。

「お前は、なぜ、あの出納帳を読むことができたんだ？」

そこに秘められた意味にいち早く気づいたシモンが、ユウリが答える前に質問する。

「ということは、あれは、アシュレイが指定した資料ではなかったんですね？」

「ああ」

認めたアシュレイが、「おそらく」と応じる。

「修道院資料館索引のデータベースには載っていないものだろう。でなければ、俺のチェックから漏れるわけがない」

「なるほど」

高慢なまでの自信であったが、アシュレイであれば、それも納得だ。

対照的に、ユウリが「あれは」と、心許《こころもと》なさそうに応じる。

「誰かが、置いていったんです」

要領を得ない答えに対し、眉《まゆ》をひそめたアシュレイが問う。

「誰かって、誰だ?」

「わかりません」

「顔は見なかったのか?」

「はい」

「なぜ?」

「……なぜ?」

理由を問われる意味がわからずにユウリが訊き返すと、アシュレイが「だから」と言いなおす。

「なんで、顔を見ていないのかって訊いているんだよ」

そこで青灰色の瞳を細め、疑わしげに「まさか」と付け足した。

「寝ぼけていたとか言わないよな?」

正直、うつらうつらしていたユウリであるが、この場合は、それ以上に特殊な問題を孕《はら》んでいたため、「えっと」と曖昧に応じる。

「なんというか、すべてが急だったんです」

「急?」

繰り返したアシュレイが、ついに通訳をしろと言わんばかりにシモンを見るが、さすがのシモンにも、情報が少なすぎて、ユウリが何を言いたいかわからない。

　そこで、シモンが訊いた。

「急というのは、何がだい、ユウリ？」

「えっと、その場に現れたのと、その場から消え去ったこと、その両方がすごく急だったって話。――つまり、この出納帳が置かれた時、脇に人の気配があったのはたしかなんだけど、顔をあげたらもういなくて、出納帳だけが開かれた状態で残されていたんだ」

　アシュレイが、「ということは」と確認する。

「これを持ってきたのは、あの担当者ではなかったってことか？」

「……断言はできませんが、たぶん、違うんじゃないかと」

　言ったあと、自信なさそうに付け足す。

「なんとなくですが、白い修道服を着ていたような気もするので、カルトジオ会系の修道士が持ってきたのかもしれません」

「いや」

　アシュレイが、少し考え込みながら言う。

「白い修道服だけでは、カルトジオ会系と決めつけるわけにはいかない。白い修道服を着る修道士は、彼らの他にも、『ホワイト・モンク』と呼ばれたシトー会や『ホワイト・キャノン』の通称で知られるプレモントレ修道会、『ホワイト・フライアーズ』といわれたカルメル修道会にアウグスチノ会などの托鉢修道会《たくはつしゅうどうかい》があるからな」

「へえ、そうなんですか?」

知らなかったユウリの横から、「でも」とシモンがアシュレイに対して突っ込む。

「あの場所がカルトジオ会系の修道院資料館であることを思えば、やはりカルトジオ会系の修道士が置いていったと考えるのが妥当でしょう」

言ってから、「それこそ」と続ける。

「エフェルディノスだったのかもしれません」

その可能性は、当然アシュレイも考えていたので、特に否定はせず、「だとしたら」と推測する。

「この出納帳の欄外にある『ぼやき』は、当時のエフェルディノスが書いたものかもしれないな」

「——え、本当に?」

「なぜ、そう思うんです?」

驚くユウリと半信半疑のシモンに対し、アシュレイは、スマートフォンの画面を指先でスライドさせ、出納帳の扉部分を写した画像を見せながら答えた。

「ここに、『サマーセット、メンディップ、一一八一年〜』と書いてある。この日付は、まさにエフェルディノスがこの地にいたと考えられている年代と一致する」

「――そうか」

目を見開いたユウリが、「それなら」と話を自分なりに整理する。

「これは、エフェルディノスの身の上に実際に起きた出来事で、彼は魔女の抱えていた鵟鳥から取った羽根ペンを使ったことで、みずから書いた文言に縛られ、安らぎを得られなくなってしまったということですか？」

「そう考えるのが妥当だろう」

「なるほど」

納得したシモンが、「そういえば」と自分の得た新たな情報を提示した。

「僕が読んだ資料の中に、おもしろい小話がありましたよ」

「どんな？」

興味津々のユウリに対し、アシュレイは軽く首を傾げて話を聞く。

「中世ヨーロッパの修道院にまつわる奇談を集めたものでしたが、それによると、十六世紀頃、アルザスにあった著名な写本の制作工房に、ノース・ヨークシャー州のチャーターハウスから流出した手書き写本が渡ったようなんです」

そこで、ユウリに視線を移し、補足する。

「アシュレイには言うまでもないことだけど、『チャーターハウス』というのは、カルトジオ会修道院の英語名なんだ」

さく驚く。

「チャーターハウス」という言葉は知っていても、その意味は知らなかったユウリが、小
「へえ」

シモンが、「それで」と続けた。

「その後、注文を受けた写本を新たに作るため、彼らがその手書き写本を分解しようとしたら、その夜、工房で火事が起き、技術者や徒弟合わせて数名が亡くなったとありました」

「それって、まさか」

ユウリの言葉に、シモンが頷く。

「おそらく、そうなんだと思う。当時、工房の人間やこの話の語り部《かたべ》などは、火事は、その手書き写本を分解しようとしたために起きたある種の祟《たた》りだと考え、結局、傷つけてしまった手書き写本の外装を装丁し直し、近くにあったシャルトルーズの修道会へ寄付したとあるから」

「ふうん」

「しかも、その小話のタイトルがなかなか意味深で、『イングランドのシャルトリュー、厳格なる修行の果てに魔力を得た話』というものだった」

「『イングランドのシャルトリュー、厳格なる修行の果てに魔力を得た話』……？」

そのまま繰り返したユウリが、「それは、たしかに」と大きく頷いた。

「意味深かも」

それに対し、アシュレイが「つまり」と結論づける。

「その小話から考えて、ユウリが手に入れた手書き写本の、この小さな十字架以外にタイトルも何もない殺風景な装丁は、火事のあとの混乱によるやっつけ仕事のせいだったと考えていいわけだな」

「ええ、そのようですね」

「しかも、ノース・ヨークシャー州のチャーターハウスから流れてきたということは、メンディップの修道院が潰《つぶ》れたかなんかして、もともとそこにあったエフェルディノスの祈禱書がノース・ヨークシャー州に流れたあとの話ということだ」

頷いたシモンが、「それが」と歴史の講釈を引き継ぐ。

「十六世紀、ヘンリー八世が行った修道院解散を受け、他の書物などと一緒に散逸したあと、アルザスの工房に渡って、そこで祟った」

「そういうこった」

軽い調子で認めたアシュレイの前で、シモンが人さし指をあげ、「それと、もう一つ」と告げる。

「同じ資料の中に、他にも気になる小話がありました」

「なんだ？」

「奇妙な本についての小話なんですが、タイトルが『何度書き加えても文字が消えてしまうシャルトリューの祈禱書』というもので、祈禱文が一部抜け落ちているのに気づいた修道士が、その部分を追加するべく欄外に書いたのですが、翌日祈禱書を開いてみると、前の日に書いたものがきれいに消えていた――というものです」

「ほお」

「しかも、何度やっても同じ結果にしかならず、修道士はついに追加するのを諦《あきら》めたそうですが、話の結びに編者が書き加えた警告が興味深いんです。曰《いわ》く、シャルトリューの呪われし祈禱書は、魔女の飼う鵟鳥から取れた羽根ペンを使わなくては書くことができないといわれている。なんとも恐ろしいことだ。神の御加護を――というもので、きっとこれも、エフェルディノスの祈禱書のことを言っているのではないかと」

「まあ、そうだろうな」

ひどく納得がいったように応じたアシュレイが、「これで、ようやく」と言う。

「祈禱書に、足りない文章を書き加えなかった理由がわかったな」

「そうですね。――書き加えなかったのではなく、書き加えられなかった」

「そう。魔女の鵟鳥から取った羽根ペンを使わなければ、祈禱文は書いても消えてしまうってわけだ」

シモンが、「でも、だとすると」と懸念を示した。

「エフェルディノスの祈禱書を完成させるには、魔女が飼っている鵟鳥から取った羽根ペンを手に入れる必要があるわけですが、それって、けっこう難しいですよね？」

「たしかに、どこで手に入れるかだが……」

さすがのアシュレイも、その方法をすぐには思いつかず、考え込む。

そんな彼らの横で、二人の会話を黙って聞いていたユウリであったが、実は、途中から少々気がそぞろになっていた。

というのも、話を聞きながらふと目をやった先に、新たに一人、箒を手にした女性がいたからだ。

その後も、二人ほど、ユウリは箒を手にした女性を見た。

一人だけならまだしも、こうあとからあとから箒を手にした女性が出たり入ったりしているとなると、ユウリの気がそぞろになるのもしかたない。

そこで、話が途切れたところで、ユウリはついにそのことを口にする。

「……あのさ、シモン」

「なんだい？」

「エフェルディノスの祈禱書とは全然関係ないことなんだけど、すごく気になるから訊いてしまうね。――このあたりって、箒が有名？」

「箒？」

もったいぶった前置きのあとに投げ出された言葉があまりに意外なものだったため、どこか拍子抜けしたような表情になったシモンが、「いや」と否定してから問う。

「そんなことはないけど、でも、なぜ、急に箒？」

「それは、さっきから、箒を持った女の人をよく見かけるから……」

すると、シモンが反応するより早く、ユウリの言葉が聞こえていたらしいアシュレイが合点したようにパチンと指を鳴らした。

「なるほど、その手があったか」

また何か、閃《ひらめ》いたようだ。

他の人と同じ情報を聞いたり見たりしても、この男の手にかかると、それこそ魔法のようにさまざまなものが結びつき、一つの結論へと辿《たど》り着《つ》く。

まさに、悪魔のごとく頭の切れる男なのだ。

ユウリとシモンが同時にアシュレイに視線をやると、彼はしたり顔で言った。

「安心しろ、ユウリ。全然関係ない話ってわけでもなさそうだ」

「え？」

一瞬なんのことを言われたのかわからなかったユウリが訊き返すと、アシュレイは顎をあげて応じる。

「箒だよ」

「箒？」

「ああ」

「箒が、何と関係あるんですか？」

「そりゃ、当然、エフェルディノスの祈禱書に決まっているだろう」

高飛車に言い放ったアシュレイが、今度はシモンに向かって告げる。

「ベルジュ、お前、あのお騒がせ従兄妹の連絡先を知っているな？」

「――え」

ふいにあがった、あまり思い出したくない人物の表現に対し、シモンが嫌なものでも口にしたような表情になって訊き返す。

「それって、ナタリーのことですか？」

「ああ」

「それは、まあ、当然知っていますが……」

水色の瞳に猜疑《さいぎ》の色を浮かべながら応じたシモンに、アシュレイが「なら」と訳知り顔で命令する。

「今すぐ、どこにいるか聞きだせ」

「嫌です」

珍しく、理由も問わずに反抗的に断ったシモンをおもしろそうに見返し、アシュレイが「いいから」と催促した。

「この際、私情をはさむな」

「そうは言いますけど、この期に及んで、なぜ、ナタリーなんかに連絡する必要があるんです。——言っておきますが、彼女は『魔女モドキ』であって、本物の『魔女』ではありませんし、鵞鳥も飼っていませんよ」

シモンが、断る理由を並べ立てる。

こうしてアシュレイの相手をしているだけでも頭が痛いのに、なぜ、わざわざ頭痛の種を増やす必要があるのか。

あまりに理不尽だと思っているのが、その表情から窺える。

だが、底光りする青灰色の瞳で見返したアシュレイは、聞く耳を持たず、再度命令した。

「ごちゃごちゃ言ってないで、とっとと連絡しろ」

「だったら、せめて、理由を教えてください」

あくまでも譲りたくないシモンが言い返すと、人さし指を立てたアシュレイが「それなら、一つ訊くが」と問いかけた。

「今日は、なんの日だ？」

とたん、シモンがなんとも厳めしい顔つきになった。唐突さもさることながら、その質問には、明らかに聞き覚えがあったからだ。もっとも、前に聞かされた時は、「今日」ではなく、「来週末」であったのだが──。

「……まさか、ナタリーの誕生日とか言いませんよね？」

「は？」

疑問形でなされたシモンの返答に対し、当たり前だが、眉をひそめたアシュレイが正気を疑うような目を向けてくる。

「そうなのか？」

「知りませんが、以前──」

説明しかけたシモンが、そこで小さく首を振り、「いえ」と撤回した。

「すみません。今のくだりは、忘れてください」

「言われなくても、そうするさ」

けんもほろろに答えたアシュレイが、興を削がれた様子であっさり正解を告げる。

「今夜は、四月末日、ワルプルギスの夜だ」

「ワルプルギスの夜──」

繰り返したシモンが、ひどく納得がいったように「ああ、なるほど」と合点する。

「そういうことか」

「そういうことだよ」

応じたアシュレイが、「俺からすると、今さらってことだが」と付け足して続けた。

「あの女は、間違いなく、今夜、このあたりのどこかで開かれる魔女の集会に参加するつもりでいるんだろう」

「――モン・ディウ」

口中で罵《ののし》ったシモンではあったが、つまり、現在、ナタリーのいるところには、魔女たちがうようよしているわけで、もしかしたら、その中に本物の魔女が紛れているかもしれず、結局、ここは連絡するしかないと悟った彼は、本当に不承不承であったが、ナタリーに電話した。

5

彼らがいたシャトーホテルから車で十分ほどのところにある地方都市。

その街外れにある広場の近くで三人が来るのを待っていたナタリーが、シモンの顔を見るなり、ひどい仏頂面で言った。

「言っておくけど、シモン。本来なら、この一年に一度、西ヨーロッパのどこかで開かれる『魔法市《マギア・フォーラム》』の入場チケットって、簡単には手に入らないのよ?」

「ふうん」

「『ふうん』ってねえ。本当にわかっているのかしら。今回は、主催者側にたまたま『がちょうの井戸端会議』のOGがいらっしゃったからなんとかしてもらえたけど、二度とこんな無理は言わないでほしいわ」

言われなくても、二度とごめんだと思っているシモンに、追い打ちをかけるようにナタリーが「あ、そうそう」と付け足した。

「ちなみに、その方、ロベルタ・ポルテの新作バッグが欲しいと言っていたから、よろしく～」

どうやら、ただ頼んだだけではなく、しっかり取引材料を用意したらしい。

それに対し、「うん《ウィ》」でもなくただ肩をすくめてみせたシモンを見て、それを了承の意と勝手に受け止めたナタリーが、先に立って案内する。

入り口の厳重なチェックを抜けて中に入ると、鉄筋を組んで作った高い壁に囲まれた広場には露店がずらりと並び、地方都市でやるにしては、かなり大がかりなイベントであるのが見て取れた。その様子は、有名アーティストの野外コンサートか、でなければ野外フェスのような賑わいである。

警備の厳重さを見ても、この「魔法市《マギア・フォーラム》」には、存外、とんでもなく費用がかかっていることが想像できる。言い換えると、それだけの費用をかけても十分に採算が取れるくらい、この市は盛況であるということだ。

いったい、どんな人たちが来ているのか。

もちろん、女性だけでなく、男性客もいる。

中には、それなりに年齢を重ねた紳士淑女もいて、彼らが、ふだん、どんな顔をして生活をしているのかが、はなはだ気になる。

それでなくても、ナタリーの通っていたスイスの女学校は、世界中からお金持ちの令嬢が集まってきているような場所で、それだけでも相当なコネクションを持つことになるわけだ。

会場内を歩き出してすぐ、ナタリーが「――で？」と尋ねた。

「さっき、電話でも訊いたけど、魔女嫌いの貴方が、みずからこんなところに飛び込もうだなんて、いったいどういう風の吹きまわしよ、シモン。ホント、気味が悪いったらありゃしない」

「悪かったね」

「悪いも悪い、絶対悪。――だいたい、よっぽどの理由がなければ、来ないはずよね？」

だが、ナタリーに詳細を説明する気のなかったシモンは、曖昧に誤魔化す。

「そうだね。まあ、こっちはこっちでいろいろとあってね」

それから、話題を変えるつもりで、軽く尋ねた。

「時に、鵟鳥の羽根ペンなんかを売っている店はないかな？」

「鵟鳥の羽根ペン？」

奇異な単語を耳にしたように柳眉《りゅうび》をあげたナタリーが、文句を言う。

「なんなのよ、その『鵟鳥の羽根ペン』って。そんなの、どっか、よそで買えばいいでしょうに、また、お坊ちゃまは、唐突におかしなものを要求するわね」

だが、口ではぶつぶつ言いながらも、ナタリーは、すぐさま会場内の地図を広げて検討してくれた。

女性にしては背が高く、パリコレのモデルのように華やかであるため、無類の貴公子であるシモンの隣に立ってもまったく見劣りしない。もちろん、シモンとしてはとんでもない話であるのだが、見た目に限ってなら、似合いといえば似合いのカップルなのだ。

ナタリーが、地図を見ながら「う～ん」とうなって首を傾げる。口は悪いし、その行動も少々難ありだったりするが、こうして面倒見がいいところもあって、ユウリは、彼女のことが大好きだった。

「羽根ペンというのは、さすがにちょっと稀少《レア》すぎて、それを単独で出店しているところはないみたいね」

そう言ったあとに、「ああ、でも」と付け足した。

「文房具店なら何軒かあるみたいだから、まずはそこを覗いてみたら？」

「なるほど、文房具店ね」

一緒に地図を覗き込んでいたシモンが、納得して続ける。

「わかった。そうするよ。ありがとう《メルシボクゥ》」

「場所は、わかる？」

「おおよそなら」

「そうね、ええっと、ここからだといちばん近いのは……」

モスグリーンの瞳をあげ、親切に行き方を説明しようとしてくれたナタリーの手からスルリと会場内の地図を取り上げ、シモンがあっさり告げた。

「大丈夫。これさえあれば、なんとかなるから」

「え、ちょっと、やだ、シモン」

慌てたナタリーが手を伸ばしてひったくろうとするが、届かない。

「返しなさいよ。返しなさいってば。――信じられない、親切を仇《あだ》で返す気？　人でなし、いけず、超わがままお坊ちゃま！　返しなさいってば」

だが、シモンは気にした素振りもなく、地図をヒラヒラと振りながら離れていく。

その背に向かい、ナタリーがついに叫んだ。

「もお～、言っておくけど、その地図、高かったのよ～！」

もちろん、シモンがそれで思《おも》い留《とど》まることはなく、アシュレイにいたっては一顧だにすることなく歩き出し、一人、ユウリだけが、ナタリーのほうを振り返りつつ心配そうにしていた。

「いいの、シモン。ナタリー、すごく怒っているけど」

「構いやしないさ」

「でも、地図がないと、ナタリーも困るんじゃ……」

「そんなの、ここで彼女が歩けば、知り合いに当たるんだ。どこからでも、別の地図を入手できるよ」

どうでもよさそうに応じたシモンが、「それより、ユウリ」と忠告する。

「君こそ、迷子にならないよう気をつけて。あまり、僕のそばを離れないように」

「あ、うん」

その言葉を受け、素直にシモンのかたわらに寄ったユウリを、少し離れて歩いていたアシュレイがチラッと横目で見やる。

そうして、三人がブラブラと歩くうちに、地図上でいちばん近いところにあった文房具店に辿り着いたが、そこでは、鉛筆や万年筆などの筆記用具はあっても、羽根ペンのような古風なものは扱っていないようだった。

二軒目は、より魔法がかった文房具がたくさんあり、中には、ノック式ではない細いボールペンにワイヤーアートできれいに貴石類をデコレーションした、その名も「魔法使いのペン」というものを扱っていた。

「見て、シモン。『魔法使いのペン』だって」

「本当だ」

「まさか、これで代用できたりはしないよね？」

問いかけるが、それに答えられるのはユウリ本人だけであるため、手に取って眺め、しばらく観賞したのち、黙ってそれを台の上に戻した。

あとは、三軒目の店に望みを託すばかりだ。

探し当てた三軒目の店は、それこそ、羊皮紙などを取り扱っている、いかにも古風な文房具店で、まさに羽根ペンらしきものも置いてあったのだが、よくよく聞くと、本物の羽根ではなく、イミテーションであることが判明した。

　イミテーションと聞いてがっかりするユウリたちに向かい、白髪に灰色の瞳をした職人風の店主が「今どき」と告げた。

「本物の羽根を扱っているところなんて、そんなにないよ」

「……はあ」

　そういうものかと思ったが、だとしたら、いったいどこに行けば、本物の鵞鳥の羽根ペンが手に入るというのだろう。

　一瞬、期待しただけに、彼らの落胆は大きい。

「さすがに、ちょっと安易でしたね」

　シモンの言葉に対し、アシュレイはケロリとした態度で応じる。

「まあ、諦めるにはまだ早い。店は、他に百店舗近くあるんだ。新しく作れないなら、古物商が古いものを扱っている可能性がある」

　だが、それらを全部見て回るとしたら、かなりの労力になるだろう。

　小さく溜め息をつき、それでもやるしかないと気合を入れ直したシモンは、先に歩き出したアシュレイに一歩遅れて歩き出す。歩きながら、この精神的な強さ《タフ》こそが、アシュレイという人間を作り上げた本質なのかもしれないと、少しだけ感心する。

　文房具店は、その三軒だけだったため、彼らは、次に十軒ほど名を連ねている雑貨店とその倍はありそうな古物店を近い順に見て回ることにした。

その際、シモンから忠告を受けていたにもかかわらず、ユウリは、三軒目の文房具店の隣に箒を売っている店があるのに気づき、思わずそちらに足を向けた。

質のいい箒は掃き掃除をするのにけっこう便利なのだが、ロンドンの街中で見つけるのはなかなか難しく、ネットで購入しようかとも思っていたが、やはり実物を見てから買いたくて、そのままになっていた。

それで、先ほどから本気で買って帰りたいと考えていたため、即決し、遅れを取らないよう急いで適当な一本を選ぶと、その場で購入する。その時のユウリの頭には、自分が現在、フランスにいて、このあと、飛行機か列車でイギリスに帰るのだという予定は存在しなかった。

箒を手に入れたユウリは、かなり先を歩いているシモンとアシュレイの後ろ姿を見つけ、慌てて走り出そうとする。

だが、その時。

人混みの隙間《すきま》を縫うように一人の老婆が歩いているのが目に入った。

しかも、その腕に抱えているのは——。

(鵟鳥だ！)

とっさにたたらを踏んで方向転換したユウリは、その老婆が人混みに紛れて消えてしまう前に、なんとか追いつこうと必死で走る。

「すみません、マダム！」

　声をかけるが、振り向かない。

　そこで、より具体的に呼びかけた。

「すみません、そこの鶩鳥を抱えたマダム！」

　すると、「鶩鳥」という単語に反応したらしい老婆が、振り返って訊き返した。

「もしかして、私を呼んだかい？」

「はい」

　追いついたところで、息を整えながらユウリが言った。

「すみません、いきなり呼び止めたりして」

「構わないが、私に声をかけられるとは、お前さん、なかなか見どころがあるようだね」

「――え？」

　なんのことを言われているのかまったくわからなかったが、気が急《せ》いていたユウリは、深く考えずに切り出した。早くしないと、いい加減、そろそろシモンがユウリの不在に気づく頃だ。

「いや、えっと、突然なんですけど、その鶩鳥の羽根を一本頂けませんか？」

「羽根を？」

意外そうに言った老婆が、訊き返す。

「そんなもんをもらって、どうしようっていうんだい?」

「それは、羽根ペンにするんです」

ユウリが即答すると、「ほお」とおもしろそうに受けた老婆が、試すような目でユウリを見あげて問う。

「それは、これがふつうの鵞鳥ではないと知っての発言かい?」

「――ええ、まあ」

特に意識していたわけではなかったが、言われて初めて、自分がそう考えていることに気づいた。

「そう考えての発言です」

すると、老婆が笑って応じる。

「お前さん、なかなか素直でいいね」

「……ありがとうございます」

「まあ、やるのは構わないが、代わりに、お前さんは何をくれる?」

急に代替品を要求され、ユウリは戸惑う。

お金を出して買ってもいいのかもしれないが、今の場合、そういう問題ではない気がしたからだ。

考え込んだユウリは、ふと、今日、大勢の女性が箒を手にしていたことを思い出し、買ったばかりの箒を差し出しながら訊いた。

「それなら、これはどうですか？」

「ほう、箒か。それはいいね」

箒なんて本当に欲しがるだろうかと半信半疑ではあったが、思いの外《ほか》、満面の笑みになった老婆が、鵞鳥を地面の上におろし、代わりに箒を手に取って「実は」と苦労話を打ち明けた。

「この鵞鳥も年老いて、ついに飛べなくなったから、どこに行くにも歩くしかなく難儀していたところなんだよ」

その話を聞いて、それなら、鵞鳥が飛べた頃は、鵞鳥に乗って空を飛んでいたのかとユウリは不思議に思う。

だが、口に出しては何も言わず、続く老婆の話に耳を傾けた。

「箒を手にするにしても、人からもらったものでないとあまり役には立たないんで、誰か私に箒をプレゼントしてくれないかと思って待っていたんだ。――でも、こんなよぼよぼの老婆に目をくれる人間なんて、今の世にはほとんどいない。まして、何かくれようなんてね」

「……はあ」

相槌を打ったユウリが、言う。

「喜んでもらえるなら、よかったです。それで、代わりに鵟鳥の羽根を頂けますか?」

「もちろん。羽根といわず、この鵟鳥を持っておいき」

あっさり言われたことに対し、「え?」と驚いたユウリが、慌てて辞退する。

「いや、とんでもない。羽根だけ一本もらえれば――」

「遠慮せずとも、まだ一年に一度くらいは卵を産むし、世話が気に入れば、もっとたくさん産むかもしれない」

「でも、本当に鵟鳥は――」

いらないと断りたかったが、その時には、手にした箒を器用に二、三回振りまわした老婆が、砂煙《すなけむり》をあげてその場から消え去った。最後に、頭上から「くれぐれも」と声が降ってくる。

「産み落とされた卵を食べようなどとは思わぬよう――」

それは、なんとも不思議な警告であった。

卵は、食べるためにあるような気もしたが、「食べようなどとは思わぬよう」ということは、食べずに育てろというのだろうか。

悩んでいるうちにも、その場にはユウリと、首に縄のついた鵟鳥だけが残された。

「……うわ、どうしよう」

本気で困り果てたユウリが鶩鳥を見おろすと、無邪気な顔でこちらを見あげてくる鶩鳥のつぶらな瞳と目が合う。

（……う～ん）

困りつつも、無意識に鶩鳥を抱き上げたユウリは、その場でひとりごちる。

「本当に、一本あれば十分だったのに……」

と、その時。

ふいに携帯電話が高らかに鳴り響き、ユウリは現実に引き戻された。同時に、周囲のざわめきが、急に塊となって押し寄せてくる。

慌てて片手で電話に出ると、すぐにシモンの心配そうな声がした。

『――ユウリ？』

「シモン」

『よかった。振り返ったらいないから、心配したんだよ』

「ああ、うん、ごめん」

『あれほど、はぐれないようにと言ったのに』

「わかっている。本当にごめん。でも、気になるものがあったんで、つい」

『……気になるものねえ』

シモンが、諦念《ていねん》を交えて繰り返した。

もちろん、ユウリのことであれば、その「気になるもの」というのが、ただの興味や趣味などではなく、なんらかの道標《みちしるべ》を見つけたことであるのは、長年の付き合いでわかっている。

『それで、君、今、どこにいるって？』

そこで、あたりを見まわしたユウリは、目についた看板の名前をあげた。

それからほどなく、シモンとアシュレイがユウリのことを見つけてくれるが、そのユウリが、なぜか鵟鳥を抱いているのを見て、まずはシモンが声をあげる。

「ユウリ！　君、その鵟鳥、どこから連れてきたんだい？」

「……うん。だから、いろいろあって」

「ああ、まあ、そうなんだろうけど……」

応じながら、信じられないというようにマジマジと鵟鳥を見つめるシモンの横で、同じように鵟鳥を眺めたアシュレイが、一言、告げた。

「その首の縄、むしろ、お前がつけていたほうがいいんじゃないか、ユウリ」

どうやら、勝手にいなくなったことに対する嫌味であるらしい。しかも、姿を消していた間に、ちゃっかり不思議体験をしていたらしいと知り、なおさらムッとしているようである。

小さく縮こまったユウリが、「すみません」と謝りつつ、必死で弁明する。

「でも、本当に、急いでいたんです。人混みの中を、鵞鳥を抱いて歩いているお婆さんを見つけたから、慌ててあとを追いかけて……」

そこで、今しがた体験したことをかいつまんで話して聞かせると、「なるほどねえ」と受けたシモンが、なかば呆れた様子で言う。

「それで、その鵞鳥を持って帰る羽目になったんだ?」

「うん」

困ったように応じたユウリに対し、たいしておもしろくもなさそうに話を聞いていたアシュレイが、「一つ確認するが」と訊いた。

「本当に、その婆さんは、産み落とされた卵を食うなと言ったのか?」

「はい」

頷いたユウリが、「より正確に言うと」と付け足す。

「『産み落とされた卵を食べようなどとは思わぬよう——』だったと思いますけど」

「なんであれ、そういうことなら、お前は、とんでもないものを手に入れたことになる」

「……とんでもないもの?」

「ああ」

ユウリの腕におとなしく収まっている鵞鳥のくちばしの先を突きながら、アシュレイが驚くべき推論をした。

「おそらく、お前が出会ったのは、いわゆる『マザー・グース』という呼び名に透けて見える太古の女神の化身だったのだろう」

「『マザー・グース』？」

「そう。鵞鳥は、太古の女神の使いで、金の卵を産むことで知られている」

「──金の卵」

びっくりしたユウリが、シモンと顔を見合わせ、それからゆっくりと腕の中の鵞鳥を見おろした。

「え、この鵞鳥が、金の卵を産むんですか？」

「わからないが、そうではないかという話だ」

アシュレイは、最後は断言を避け、無責任に言った。

「まあ、だから、せいぜいがんばって世話をして、たくさん卵を産み落としてもらうことだな」

「……はあ」

それはいいが、それ以前に、これをどうやってイギリスに持って帰るかで頭を悩ませそうである。

「そうですね、とりあえず、責任を持って面倒は見ますけど……」

鵞鳥を安心させるように言ってから、「でも、まずは」と言った。

「羽根を一本、もらう必要があるわけですが、羽根ってどうやってむしればいいんでしょう？　そんな痛そうなことできな——うわっ」

ユウリが話している途中、ふいに腕の中で鵞鳥がバサバサッと羽を動かしたため、支えきれなくなったユウリは、思わず手を放した。

もしかして、ユウリの話を聞いて羽根をむしられることを嫌がったのかと思ったが、ストンと地面に降りた鵞鳥の身体から、その時、ふわりと一本、羽根が舞い落ちた。どうやら、決して嫌がったわけではなく、むしろユウリの悩みを一つ、即座に解決してくれたらしい。

羽根を拾いあげたユウリが、素知らぬ顔で羽繕《はづくろ》いし始めた鵞鳥を見おろし、小さく礼を述べる。

「……ありがとう」

こうして羽根ペンとすべき材料を手に入れた彼らがやることは、ただ一つ——。

この羽根を使って、エフェルディノスが書き損なった祈禱文の一部を、欄外に書き加えることだった。

6

手書き写本と羽根ペン。

その二つが揃ったからには、あと足りないのはインクだけである。

ただ、幸いインクに関しては特に指定はなさそうだったので、ユウリとシモンとアシュレイの三人は、その場を引きあげる際、最後に覗いた三軒目の文房具店で売っていた「没《もっ》食子《しょくし》インク」を購入する。

羊皮紙に書くための「没食子インク」というのは、植物にできた虫こぶを細かく砕いて煮ることでタンニンを抽出し、そこへ鉄やアラビアゴム、防腐剤としてワインなどを混ぜて作るものだった。

インクを手に入れ、いざ、手書き写本を完成させるべく、アシュレイの宿泊先であるシャトーホテルへと向かう。

途中、ユウリは、鵞鳥を連れているので入れないのではないかと心配していたが、アシュレイの部屋は、庭に面して八角形の広間がついた豪奢《ごうしゃ》な特別室であったため、難なく窓から侵入できた。女神の鵞鳥はいろいろとわきまえていて、その間、騒ぐことなくおとなしくしていてくれる。

気づけば、あたりはすっかり夕闇《ゆうやみ》に包まれていた。

春の宵。

花の香りを含んだ心地よい風が、なんともいえず郷愁を誘う。

八角形の広間の中央にあるソファーセットのテーブルに手書き写本、先を削った羽根ペン、ガラスの小瓶に入ったインクを三種の神器のように並べたユウリが、その前に座って意識を集中する。

シモンとアシュレイは、広間を見渡せる次の間に立ち、そんなユウリの様子をジッと窺っていた。

一人は、心配そうに。

もう一人は、とても楽しげに――。

やがて、深い呼吸をしたユウリが、静かに四大精霊を呼び出す。

「火の精霊《サラマンドラ》、水の精霊《ウンディーネ》、風の精霊《シルフィード》、土の精霊《コボルト》。四元の大いなる力をもって、我を守り、願いを聞き入れたまえ」

とたん、ユウリの前に、ポワン、ポワン、ポワン、ポワン、と、のどかな様子で四つの明かりが灯《とも》った。

どうやら、今回、特に時間制限に追われているわけでもなく、危険な何かが迫っているわけでもないことで比較的穏やかな心地でいるユウリの心境を、精霊たちはそっくりそのまま反映しているようである。

ポワン、ポワン。

ポワン、ポワンと、やけに楽しそうだ。

四匹の子犬たちがじゃれ合うように飛び回っている光を前にしたユウリが、羽根ペンを取り上げ、ゆっくりと請願を述べた。

「女神の使いである鵞鳥に請う。宙に舞って、足りない文字を埋めたまえ。さらに、その黒き足跡にて、道に迷える魂を導きたまえ」

すると、ユウリのまわりでじゃれ合っていた四つの光が、我先にと、ユウリが手にした羽根ペンの中へと流れ込む。

その瞬間を見逃さず、ユウリは請願の成就を神に祈った。

「アダ　ギボル　レオラム　アドナイ――」

とたん。

ぱあああっと。

白く染めあがったユウリの手から羽根ペンがふわりと浮き上がり、踊るように揺らめきながらインク壺《つぼ》にペン先を浸し、そのまま、開かれた手書き写本の上に文字を書いていく。

一字、二字書いては、インク壺に戻り、また一字書いたら、インク壺に戻る。

そうして、手書き写本の上とインク壺の間を勝手に移動しながら文字を書いていく様子は、さながら、物語の中で、魔法使いが魔法を使って箒や食器を動かし、自分の代わりに仕事をさせているかのようだった。

実際、霊能力のないシモンとアシュレイにも、空中を手品のように移動する羽根ペンは見えていて、これが種も仕掛けもない本当の魔力であることを知っている彼らは、ただただ驚嘆するしかなかった。

特にアシュレイなどは、まさにこういう科学の力を超越した神秘に触れたいがために、なにくれとなく理由をつけては、ユウリのそばをうろついているくらいだ。楽しくてしかたない。

逆にシモンは、そんなアシュレイの熱に触れ、一抹《いちまつ》の不安を覚える。

これがユウリの本質であるとわかってはいても、この男にそそのかされ、ある時、またふっとシモンの手の届かないところに行ってしまうのではないかという猜疑心が芽生えたからだ。

それぞれの想いを抱えたまま見守る二人の前で、羽根ペンがゆっくりとテーブルの上に戻り、やがてネジが切れたように動かなくなった。

それを合図にユウリが手を伸ばして手書き写本を取り上げ、小さく微笑《ほほえ》んでからシモンとアシュレイのほうへ差し出した。

「見てください」

そこには、欄外にぎっしりと数行分の文字が書き足されていて、これでようやく、エフェルディノスの祈禱書は完璧な状態になったことになる。

「――終わったな」

アシュレイの言葉に、ユウリが頷く。

「はい。アシュレイのおかげで、エフェルディノスの無念は解消されました」

「それは、当然、礼をしたいってことだろうな?」

押しつけがましい言い草に対し、小さく苦笑したユウリが「そうですね」と応じる。

「僕にできることであれば、いつでも」

それに対しご満悦そうに口元を歪《ゆが》めたアシュレイとは対照的に、シモンはとても不満げであったが、口に出しては何も言わなかった。

それに何より、まだ一つ、ユウリには解決しなければいけない問題があり、そのことをシモンが指摘する。

「だけど、ユウリ。切り取られてしまった彩飾文字は、どうする気だい?」

エフェルディノスが書いた文言の呪詛は、写本に「狼藉《ろうぜき》を為《な》す者」にも及ぶことになっていて、彩飾文字を切り取ったことで「災い」のあったフィッシュボーンは、いまだ病院のベッドの上にいる。

「ああ、それね」

　頷きながら手書き写本を綴《と》じたユウリが、「それについては」と説明した。

「セイヤーズが、その彩飾文字をフィッシュボーンの病室で見つけたので、ハムステッドの住所に送るように言っておいたから、たぶん、もう届いていると思う。――なので、家に帰ったら、赤い糸で縫い合わせておく」

　羊皮紙の欠損は珍しいことではなく、破れたり穴が開いたりした場所は、そうやって繕うのが常識なのだ。

「なるほどね」

　あっさり納得したシモンが、「それなら」と、そばで聞き耳を立てているアシュレイを気にしつつ、申し出た。

「その件がすんだら、この手書き写本のことで相談したいことがある――」

7

五月に入った最初の週。

授業の合間にケンブリッジの学寮に戻ってきたセイヤーズは、背後から呼び止められて振り返る。そこにいたのは、退院したばかりのフィッシュボーンで、彼はどこか戸惑った様子でセイヤーズの近くまで歩み寄ってきた。

「やあ、フィッシュボーン」

「やあ、セイヤーズ。呼び止めたりして、悪いな」

「構わないし、その後、調子はどうだい？」

フィッシュボーンの場合、意識が戻らない以外、事故の後遺症はほとんど見られなかったため、目覚めたあとの回復は早かった。事故を思わせるものが残っているとしたら、こめかみにある絆創膏《ばんそうこう》くらいのものである。

「ありがとう。すっかりいいよ。——それに、入院中も、こまめに見舞いに来てくれたそうで、そのこともお礼が言いたくて」

「なに、そんなのお互い様だから」

本当になんでもないことのように応じたセイヤーズが、「それで」と話をうながす。

「呼び止めた理由は、お礼を言いたかったからかい？」

「あ、いや、それもあるんだけど、実は、ちょっと訊きたいことがあって——」

そう言ったフィッシュボーンは、本当に奇異なことでも経験したかのように首を傾げて話を続ける。

「例の手書き写本のことだけど」

「——ああ」

セイヤーズは頷きつつ、軽く眉をひそめた。

実は、今回、あの手書き写本を本来あるべき場所に戻したいと言ってきたシモンとユウリの意向を受け、意識が戻ったフィッシュボーンの病室を訪ね、交渉したのは、他でもないこのセイヤーズだった。

その際、ベルジュ家が背後についているため、値段の上限はあまり気にせず交渉できるはずだったのだが、思いがけず、フィッシュボーンは、手書き写本は好きにしていいと告げたのだ。

さらには、「正直、もう、うんざりなんだ」と泣きついてきたほどである。

驚きつつ理由を尋ねると、病院で意識を失っている間、彼は、恨みがましい顔をした白い服の修道士につきまとわれ、本当に恐ろしい思いをしたらしい。

それが、あの手書き写本の彩飾文字を切り取ったせいだと察した彼は、もう持っているのも恐ろしくなって、手放す必要性を感じていたのだという。

だから、セイヤーズの申し出は、渡りに舟であった。

さらに話を聞くと、フィッシュボーンの実家は現在家計が苦しく、その穴埋めのために金儲《かねもう》けをしようとしただけで、本来は決してさほど強欲ではないつもりだということだった。入札者が送金してくれたお金も、学寮の窃盗騒ぎのどさくさで、切り取った彩飾文字がなくなってしまったことを理由に、全額返金している。

セイヤーズに対しても、しょせん、一ポンドで買ったものであれば、なんなら一ポンドくれたらいいと言ったため、セイヤーズは、その申し出どおり、その場で一ポンドを支払うことで話をつけた。

すでに、現物はユウリの手元にあるため、それですべて終わったはずである。

だが、ふたたびあの手書き写本のことを持ち出してくるということは、ここに来て気が変わったのかと危惧《きぐ》したのだ。

だが、フィッシュボーンは、セイヤーズが思いもしなかったことを言った。

「実は、家族経営している実家の会社に、突然、かなりまとまった金額が振り込まれたらしく、その名目が、『写本代』とあったそうなんだ。それで、父が、俺が大学で何か犯罪にでも加担したんではないかと心配して電話してきたんだけど、俺にもさっぱり事情がわからなくて――。でも、ふとあの手書き写本を買い取った君ならわかるんじゃないかと思ったんだ」

「なるほど」

意外ではあったが、すぐに事情を察したセイヤーズに、フィッシュボーンが恐れを抱いたように探りを入れた。

「本当に、驚くような金額だったらしいけど、まさか、セイヤーズが振り込んだわけではないよな？」

とたん、フッと吹き出したセイヤーズが、「それは」と応じる。

「本当に、『まさか』だけど、ただ、振り込んだ人物に心当たりはあって、その人は、とても公明正大で人品卑しからぬ人だから、あの手書き写本の正当な値段を見積もって、持ち主であった君の学費代わりに振り込んでくれたのだと思う。いちおう、交渉の結果として、君の家の事情も説明しておいたし。──なので、そのことは気にせず、むしろ、これで、変な金儲けに手を出すのはやめて、しっかり勉強に身を入れることだよ」

「──そっか」

どうやら、自分の家庭事情も知ったうえでのことであるらしいと知ったフィッシュボーンが、少し悩んだ末に、礼を述べた。

「それなら、ありがたく受け取ることにする。──でも、その人に直接お礼は言えないんだよな？」

「そうだね」

　薄緑色の瞳を軽く伏せたセイヤーズが、「まあ」と答えた。

「慈善家にありがちだけど、その人も『匿名希望』だと思うから、僕のほうからよく礼を言っておくよ」

「わかった」

　少し残念そうに了承したあと、フィッシュボーンはなかば感心したように付け足した。

「それにしても、君って、前からちょっと他の学生とは違う印象があったけど、本当に謎めいているし、すごいコネクションを持っているんだね」

　それには曖昧な笑顔で応じ、セイヤーズは次の授業の時間が迫っていることを理由に、彼と別れた。

　一人になって歩き出しながら、「たしかに」と思う。

（ベルジュ家の子息と知り合いというのは、すごいコネクションなんだろう）

　この先、彼が生きていく間に、いったいどれだけ、シモンからの恩恵を受けることになるのだろうか。

　だが、正直、セイヤーズは、そういう目でシモンを見たことは一度もないし、今でもセイヤーズにとって、シモンは最も敬愛する上級生であった。

　そんなセイヤーズがいるケンブリッジにも、五月の暖かい風が吹き抜ける。

終章

翌週。

ふたたびフランスを訪れたユウリは、シモンと二人、日帰りで、ローヌ・アルプにあるカルトジオ会系の母系修道院であるシャルトルーズ・デントルモンを訪れた。

そこで、ふつうなら会うことなど叶《かな》わない修道院長に面談し、エフェルディノスの手書き写本を手渡しで寄贈した。その際、シモンは、ユウリのことを、その奇特な寄贈者として紹介し、大いに焦らせた。

そのお礼として、彼らは、修道士たちのいない時間に聖堂へと案内され、そこで修道院長手ずから二人のために祈禱《きとう》を捧《ささ》げ、神の祝福を授けてくれた。それはまさに、天上界の荘厳さそのもので、二度とない貴重な体験に、ユウリはすっかり心を打たれてしまったようである。

その興奮は、修道院を辞したあとも続いた。

「……なんか、いいよね」

ヘリコプターの離発着地点まで歩く間、ユウリがどこか夢見心地で言ったのに対し、チラッとその様子を見おろしたシモンが訊《き》き返す。

「いいって、何が？」

「もちろん、修道院だよ。──あの静けさも慣れてしまえば極楽のような気がするし、何より、肌を洗うようなひんやりとした清浄さがたまらない」

ユウリの母方の実家は、古都京都で千年の歴史を持つ宗教家の一族で、山奥に水場に面した修行場を持っている。その関係で、時おり、禊《みそぎ》をするユウリには、あの清水のごとくひんやりとした肌への刺激は、おのれを浄化するための何よりの試練だった。

だが、そうとは知らないシモンが、「そうはいっても、ユウリ」と反論する。

「あれでけっこう、昔は怖いところもあったんだよ」

「そうなんだ？」

「まあ、今さら歴史上のことをとやかく言うのは反則かもしれないけど、イギリスにあったチャーターハウスの跡地には、当時、修行に耐えられずに逃げ出した信者を捕まえて閉じこめておく独房があったくらいだから」

「……それは、嫌かも」

たしかに歴史上のことであれば、他の宗教だって、戦争を含め、あらゆる殺伐としたことに手を染めているのを思えば、それもしかたないのだろうし、今がよければそれでよしであるとはいえ、それでも、ちょっとだけユウリの興奮が冷めたのは否めない。

そこで、現実に戻ったユウリが、草地を踏みしめながら「それはそうと」と話題を変えた。

「シャルトリューは元気にしている?」

「シャルトリュー」というのは、ユウリが「マザー・グース」と思われる老婆からなかば押しつけられる形となった年老いた鵞鳥《がちょう》につけられた名前で、結局、ハムステッドの狭い庭より、ロワールの広大な敷地《しきち》を自由に動き回れたほうがいいだろうということで、ベルジュ家の本宅で預かってもらうことになったのだ。

その際、シモンは呆《あき》れたように訊いた。

「君は、金の卵を産むガチョウをみすみす手放すつもりかい、ユウリ?」

だが、「そうだねえ」と応じたユウリは、「まあ」と呑気《のんき》に続けた。

「卵がどうというより、シャルトリューの居心地がいいのが一番だし、もちろん、もし迷惑でなければの話なんだけど」

「それは、うちはいっこうに構わないけど」

なにせ、あらゆる家畜が揃《そろ》っているベルジュ家であれば、今さら、鵞鳥の一羽くらい増えたところで、誰も気にしない。

そして、それから一週間が経《た》った今日。

実際にシャルトリューの居心地はどうなのかと心配していたユウリであったが、やはりベルジュ家の城に放してやったのは、よかったようだ。

そのことが、シモンの返答からも窺《うかが》い知れた。

「双子がよく面倒を見ているようで、元気にしているよ」

双子というのは、マリエンヌとシャルロットという、天使のように愛らしいシモンの妹たちのことで、可愛《かわい》らしい顔のわりに、やることは意外と大胆だったりする。

シモンが「そういえば」と続ける。

「今週、週半ばに戻った際には、庭に『シャルトリューの家《ラ・メゾン・ド・シャルトリュー》』が建っていたよ」

シモンは、現在、パリの高級住宅街であるパッシー地区に建つ別宅を拠点にしているため、ロワール河流域にそびえるベルジュ家の城には、週末を含めて、二、三日滞在するくらいなのだ。

「家？」

「うん。どうやら、最近、あの二人はＤＩＹに凝り始めたらしく、あちこちにいろんなものを作っては、人に見せびらかしている」

「へえ、すごいね」

ちょっと前まで宝探しに凝っていたことを思えば、かなりの進歩である。

「まあ、そうなんだけど」

応じたシモンが、「でも、二人のことはさておき」といささか困ったように告げる。

「問題は、シャルトリューがあまりに城に馴染《なじ》んで自由に動き回るようになってしまったせいで、どこかで金の卵を産み落としたとしても、たぶん誰も気づかない」

「――なるほど」

それは盲点だったとユウリは思ったが、シャルトリューのことをマリエンヌとシャルロットが可愛がっているのであれば、きっと卵もおのずと二人の手に渡るだろう。

そう考えて、ユウリは気にしないことにした。

そんな会話をするうちにも、開けた場所まで降りてきた二人は、ヘリコプターに乗り込み、一路、双子とともにシャルトリューの待つロワールの城へと飛び去った。

あとがき

今年は各地で記録的な大雪が続いていますが、皆様は無事に過ごされていらっしゃるでしょうか。連日報道されるニュースなどを見ていると、場所によっては深刻な被害が出ているところもあるようで、本当に心配です。この本が刊行される頃には、どこも、もう少し暖かくなっているといいですね。

こんにちは、篠原美季《しのはらみき》です。

『写字室の鵞鳥《がちょう》　欧州妖異譚18』をお届けしました。

今回は手書き写本にまつわるお話で、アシュレイが、まさに「水を得た魚」のごとく、潑剌《はつらつ》としていたように思います。おかげで、いつにもまして美味《おい》しいところを持っていってしまって、シモンの活躍の場が奪われがちでしたが、ナタリーが出て来ると、シモンって不思議な魅力を醸し出すので、それで満足することにしました。——さすがのアシュレイも、シモンのあの即答には、少々面食らったのではないでしょうか（笑）。

そんな中、物語を展開するにあたって、某キリスト教系の修道会をクローズアップしていますが、当然、物語に出て来るような呪われた写本は実在しないため、某修道会の総本山をモデルに、架空の修道院を作り上げています。おそらく、その方面に詳しい方であれば、読んですぐに、どこの修道院がモデルになっているかお分かりになるでしょうし、中継地となる都市の名前も分かると思いますが、この話はあくまでもフィクションであり、実在する団体とは一切関係ないことをここに明記しておきます。

さて、話はガラリと変わりますが、ここで一つお詫びを――。

以前、『万《まん》華《げ》鏡《きょう》位《い》相《そう》～Devil's Scope～』のあとがきで、数字に隠された別の「見立て」について、次回のあとがきで少し触れるというようなことを書いていたにもかかわらず、すっかり忘れていました。大変申し訳ありません。しかも、読者の中には、ものすごく高度な解釈をしてくださった方もいらっしゃり、私は、今さら、自分の説を披露《ひろう》するのがものすごく恥ずかしくなっています（汗）。

でも、問いを投げ出した以上、お答えしないといけないので、答えますね。

あれは、「難しい」と言いつつ、かなり単純なことだったんです。

内容としては、「十五」と「五十」という数字が、それぞれあるものを象徴していて、これに別のものを追加すると、シリーズを象徴するなにかが見えてくるという謎かけをしていました。

その場で触れられなかったのは、それぞれの数字が象徴するものを説明してしまうと完全にネタバレになるからで、ここでは、ネタバレを覚悟の上で申し上げます。

なので、まだ『万華鏡位相』を読んでいない方は、このあとの数行は読まないでくださいね（笑）。

「十五」が悪魔を示す数字で、鏡に刻印する記号を上部に記した丸を間に挟むことで、本来はラテン語では「L」で表される「五十」という数字が、「悪魔」を反転させた存在、つまりは「天使」となり、それは、シリーズにおける「アシュレイ」と「シモン」に置き換えることができます。

さらに、鏡に見立てた丸はまさに「鏡」で、古来、「月」は太陽光を反射する空の「鏡」と考えられてきたことから、「月」に置き換えられます。そして、このシリーズにおいて「月」といえば、「月の王」である「ユウリ」を表象するため、「十五」「・」「五十」という並びは、そのまま「アシュレイ」「ユウリ」「シモン」という、このシリーズを支えるトライアングルを浮かび上がらせる――という解釈です。

本当にそれだけのことで、きっと、これを読んだ何人かの方は「な～んだ」と拍子《ひょうし》抜けなさるでしょう。

本当に、重ね重ね申し訳ありません。

ま、そんな私ですが、二〇一八年も「欧州妖異譚」をよろしくお願いします。

ただ、次回作は、ちょっと「欧州妖異譚」を離れ、日本を舞台にした『幽冥食堂「あおやぎ亭」の交遊録』の二作目をお届けする予定です。私が――違うな、主人公の半井結人《なからいゆいと》が三番目に好きな歴史上の人物である「小野篁《おののたかむら》」が活躍する和風オカルトロマンで、絶世の美少年である「閻魔《えんま》」の存在にも注目していただけたらと思います♪

あと、さり気なく、冥府の官吏である「司命《しみょう》」と「司録《しろく》」もいい味を出してくれるのではないかと期待しています。

特に「司命」ですね。――あ、いや「司録」も、案外……。うふ。

なにはともあれ、こちらのシリーズも楽しんでいただけたら嬉しいです。

最後になりましたが、今回も愛らしいイラストを描いてくださったかわい千草《ちぐさ》先生、ハチャメチャなオーダーにもきちんと対応してくださり、ありがとうございます。また、この本を手に取って読んでくださったすべての方に、多大なる感謝を捧げます。

では、次回作でお目にかかれることを祈って――。

梅の香りがただよう夜に　　　　篠原美季　拝

『写字室の鵞鳥　欧州妖異譚18』、いかがでしたか？
篠原《しのはら》美《み》季《き》先生、イラストのかわい千《ち》草《ぐさ》先生への、みなさまのお便りをお待ちしております。

篠原美季先生のファンレターのあて先
〒112-8001　東京都文京区音羽2-12-21　講談社　文芸第三出版部「篠原美季先生」係
かわい千草先生のファンレターのあて先
〒112-8001　東京都文京区音羽2-12-21　講談社　文芸第三出版部「かわい千草先生」係

N.D.C.913　254p　15cm

篠原美季（しのはら・みき）

講談社X文庫

4月9日生まれ、B型。横浜市在住。
「健全な精神は健全な肉体に宿る」と信じ、
せっせとスポーツジムに通っている。
また、翻訳家の柴田《しばた》元幸《もとゆき》氏に心酔中。

white heart

写字室《しゃじしつ》の鵞鳥《がちょう》　欧州妖異譚《おうしゅうよういたん》18

篠原美季《しのはらみき》

●

2018年3月1日　第1刷発行

定価はカバーに表示してあります。

発行者――鈴木　哲
発行所――株式会社　講談社
東京都文京区音羽2-12-21 〒112-8001
電話 編集 03-5395-3507
販売 03-5395-5817
業務 03-5395-3615
本文印刷―豊国印刷株式会社
製本――株式会社国宝社
カバー印刷―信毎書籍印刷株式会社
本文データ制作―講談社デジタル製作
デザイン―山口　馨

ISBN978-4-06-286985-0

ホワイトハート最新刊

写字室の鵞《が》鳥《ちょう》

欧州妖異譚18

篠原美季　絵／かわい千草

古い写本を傷つけた青年に降りかかる災厄。ケンブリッジ大学を訪れたユウリは、そこで学ぶセイヤーズから学寮に現れた修道士の幽霊の話と写本を傷つけた青年のことを聞いた。写本の謎に挑むユウリだが。

龍の求婚、Dr.の秘密

樹生かなめ　絵／奈良千春

ついに……ハッピー・ウエディング!!　美貌の内科医・氷川諒一の出生の秘密が明らかに！　過去の因縁に氷川が搦め取られようとする時、氷川最愛の恋人にして眞鍋組二代目組長・橘高清和は、どう動く――？

千年王国の盗賊王子

氷川一歩　絵／硝音あや

王子様と最強盗賊が共犯関係に!?　ディアモント王国の王子・マルスは偶然、盗賊団の首領・アダムの正体を突き止める。マルスが口止め代わりにアダムに要求したのは、盗賊団の一員になることで……。

ホワイトハート来月の予定（4月4日頃発売）

雪の王　光の剣……………………………中村ふみ

霞が関で昼食を　三度目の正直…………ふゆの仁子

偽りの花嫁　～大富豪の蜜愛～…………水島　忍

※予定の作家、書名は変更になる場合があります。